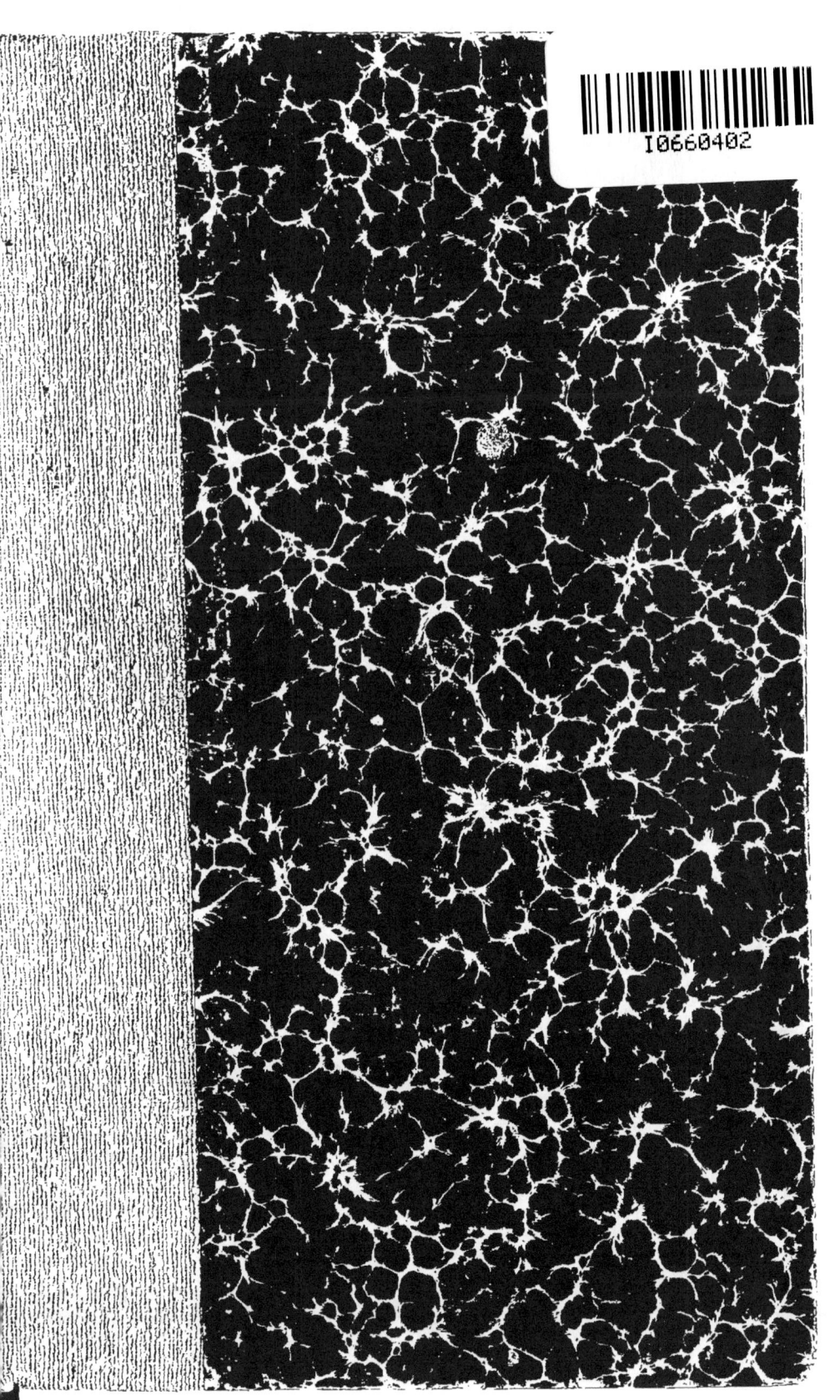

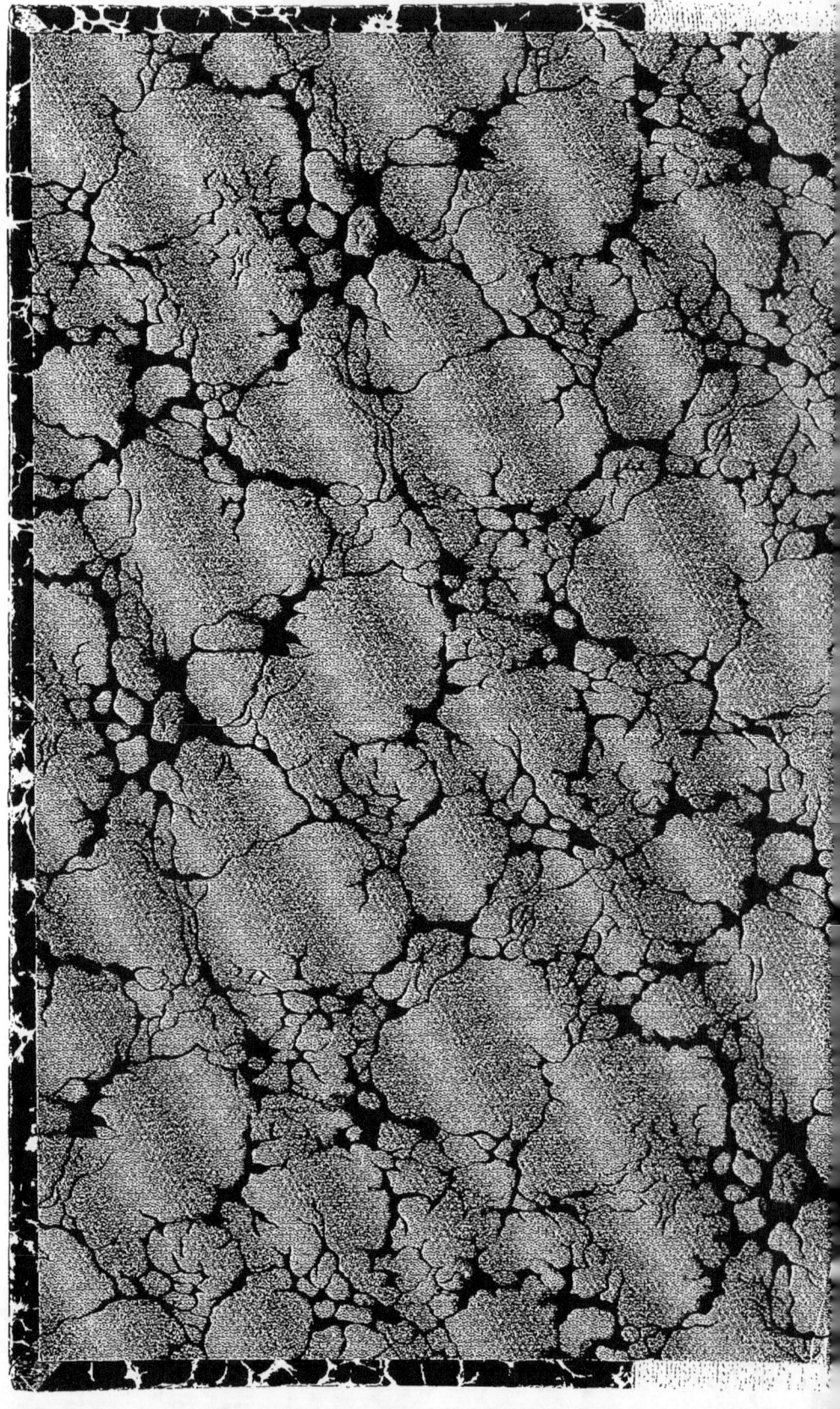

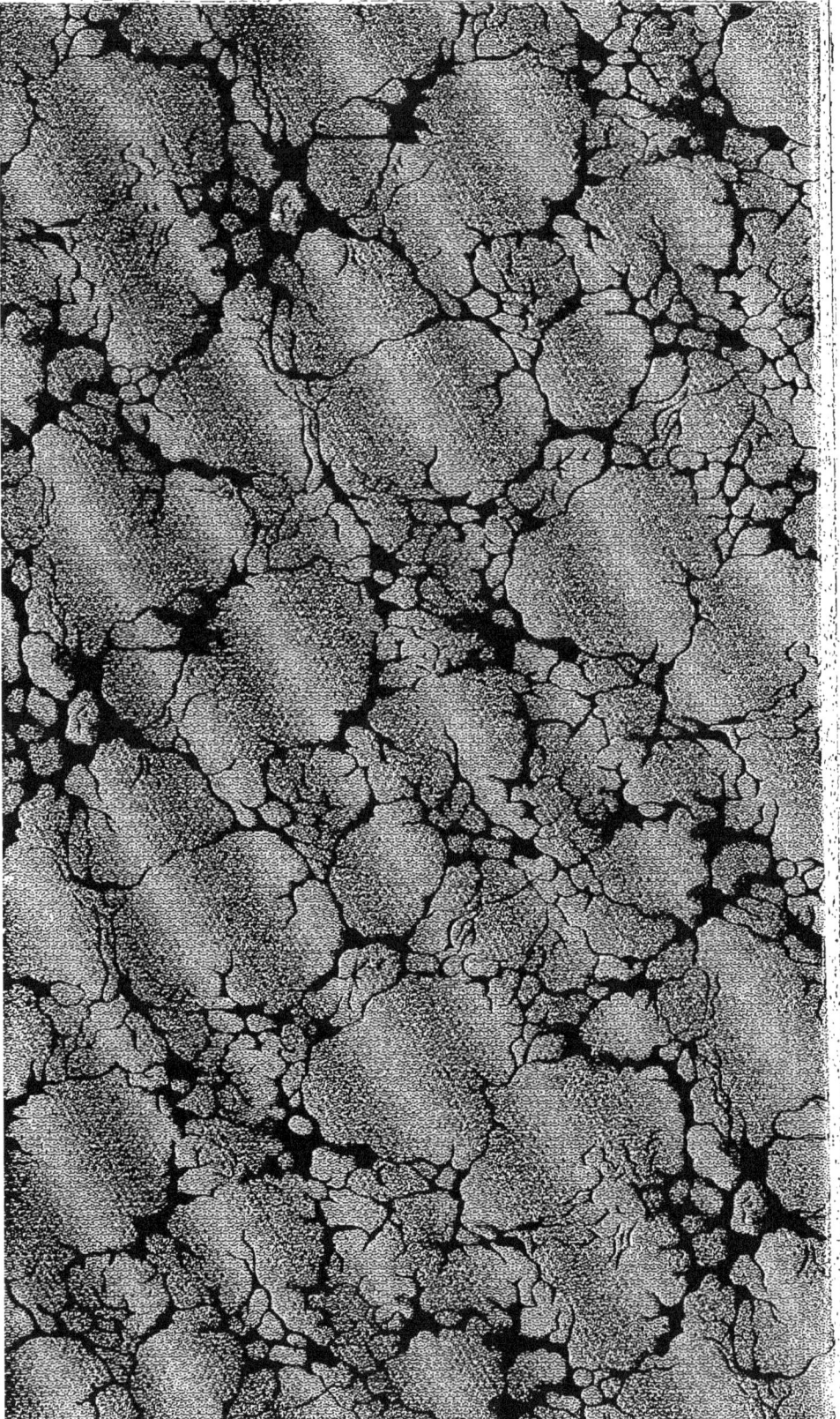

DELISSE MORIN

HISTOIRE

D'UNE

FAMILLE

BORDELAISE

Souvenir de Paris. — Aventures de Chasses

BORDEAUX

FÉRET ET FILS, ÉDITEURS

15, Cours de l'Intendance, 15.

1882

HISTOIRE

D'UNE

FAMILLE BORDELAISE

DELISSE MORIN

HISTOIRE

D'UNE

FAMILLE

BORDELAISE

Souvenir de Paris. — Aventures de Chasses

ROYAN

1882

AUX PERSONNES

QUI ONT BIEN VOULU M'AIDER DE LEURS CONSEILS

———

Au moment de livrer mon ouvrage au public, je me sens pris d'une vive attention pour tous ceux à qui j'ai demandé quelque avis sur ce roman, et qui ont bien voulu me faire l'honneur de me conseiller franchement.

Je m'adresse ici à celui qui m'a dit : « Marche ! » comme à celui qui m'a dit : « Arrête-toi ! » Mon désir, on le comprend, n'a pu écouter que le premier.

J'ai donc choisi cette page de mon ouvrage pour offrir à l'un et à l'autre l'expression de ma sincère reconnaissance.

DELISSE MORIN.

HISTOIRE

D'UNE FAMILLE BORDELAISE

LA CONCHE DU PIGEONNIER

La nuit s'est faite sur les bords de l'Océan
Atlantique. La nature semble dormir, tellement
le silence qui règne est profond. Les falaises,
les bois, les champs, ne forment plus qu'une
masse compacte, sombre. La petite ville de
Royan disparaît dans cette muette obscurité !
Les phares seuls se font voir : Terre-Nègre,
sur sa falaise cultivée et plantée de vignes ;
la Coubre, sur sa dune aride et déserte ; Cordouan, sur son île souvent couverte par la mer ;
la Pointe-de-Grave, située à l'embouchure du
fleuve, à l'extrémité de la rive gauche. Ces
feux, qui dominent la mer, ressemblent dans

l'ombre de la nuit à de grosses étoiles encastrées dans. la voûte du ciel. De bien loin sur l'Océan, le marin aperçoit ces lumières de couleurs différentes ; il les observe avec attention, car elles ne cessent de lui dire : « Voilà de nouveaux dangers, prends garde ! »

On était au 12 novembre 1845. Le ciel, d'un bleu clair, avait aussi ses phares ; il était parsemé d'étoiles brillantes, dans la simplicité infinie de cette magnifique et inimitable parure céleste. Ce soir-là, et contre son habitude dans les courtes journées d'hiver, la mer était assoupie, la brise calme ; on eût cru que l'air vif et fort des rives de la Saintonge eût été tout-à-coup remplacé par une température nicéenne. Les vagues déferlaient sans bruit sur le sable fin de la petite Conche du Pigeonnier. Cette dernière, située à cinq ou six cents mètres de Royan, se trouve enserrée entre deux falaises escarpées. Celle de gauche, qui regarde l'Océan, porte le nom de falaise du Taureau. Elle est, à sa surface, accidentée de rochers en forme d'entonnoir. Celle de droite a nom de falaise des Brandes, probablement en souvenir des broussailles qui, autrefois, la couvraient. Les deux ont une hauteur de vingt à vingt-cinq mètres.

Au pied de celle des Brandes est un bloc de

rochers qu'un vide sépare et auquel on a donné
le nom de *Pierre à Paul*.

A cette heure, la marée est à son dernier
degré de reflux ; tout à fait à la pointe en avant
de la falaise, à droite, on découvre une ombre
mouvante ; il est impossible de la bien distin·
guer ; c'est sans doute quelque pêcheur : la
nuit, bien que le ciel soit clair, est toujours
mystérieuse. En se retournant, on aperçoit
dans le fond une autre ombre, c'est une
femme, elle descend sur la plage, elle marche
vite, très-vite, se glissant le long de la falaise
des Brandes ; elle court, mais avec précaution :
elle parait gênée par quelque chose qu'elle
porte au bras ; elle arrive au pied de l'énorme
pierre. Là, après avoir jeté un coup d'œil
interrogateur autour d'elle, elle dépose une
corbeille tout au bord de l'eau, puis elle s'enfuit
à toutes jambes sans s'occuper du sable qui crie
sous ses pieds : elle reprend le sentier par où
elle est passée un instant auparavant, et à l'extrémité duquel se trouve le bois de Pontaillac.

En ce moment la lune se montre à l'horizon.
On dirait que sa lumière rouge-feu va fouiller
jusqu'au plus profond replis de la terre ; peut-
être aussi cette lumière bénie va-t-elle proté-
ger quelques pauvres petits êtres qu'une misérable mère aura abandonnés.

Tremblante, la femme fuit. Peut-être en ce moment lui semble-t-il entendre le cri déchirant de l'enfant qui appelle sa mère, car les larmes lui viennent aux yeux. Elle s'arrête : si elle osait... elle retournerait, il ne serait peut-être pas trop tard... Elle paraît prendre une nouvelle détermination, quand un homme sur la lisière du bois lui crie :

— Il est trop tard !

Après ce cri terrible qui la condamne au remords, elle s'enfonce dans le taillis, où, suivie de son complice, elle disparaît comme une bête fauve...

Qui est-elle ?... Mystère ! Mystère !

I

LA RUE DU PALAIS-GALLIEN

Un matin du mois de février 1866, la ville de Bordeaux semblait dormir profondément. Aucun bruit de chevaux, de roulement de voiture, ne se faisait entendre : c'est qu'il avait neigé pendant la nuit, et, à cette heure, une épaisse nappe blanche couvrait la ville et étouffait le bruit des carrioles et des charrettes des maraîchers. Le vent d'est, froid, glacial, soufflait avec force et faisait tomber par gros flocons la neige amassée sur les ruines du Palais-Gallien. En face de ces ruines, dans une rue qui en porte le nom, on voit un hôtel meublé, au premier étage ; on y aperçoit un homme ; il est debout derrière le vitrage d'une fenêtre ; son regard semble se porter avec attention sur les allants et les venants ; il se retire ensuite.

Maintenant nous allons rentrer dans l'hôtel et suivre celui que nous venons d'entrevoir, et qui est appelé à devenir un des principaux acteurs de notre roman. Il peut avoir cinquante ans, il est bel homme, il a le teint bronzé comme la plupart de ceux qui reviennent des pays équatoriaux ; il porte les cheveux courts, la moustache taillée en brosse. A voir son visage on devine un profond chagrin ; son costume est celui d'un bourgeois. Il est assis devant une table placée au milieu de l'appartement ; il tient une lettre à la main ; il la lit ; parfois il fronce le sourcil et il prend un air impitoyable, méchant. Mais ce n'est que passager ; car, presque aussitôt, son regard change d'aspect ; il devient un peu plus doux et en même temps plus pensif. Deux coups frappés à la porte l'arrachent à sa sombre méditation.

— Entrez ! dit-il.

La porte s'ouvre. Un jeune homme d'environ vingt-trois ans paraît. Il est vêtu comme un domestique de *grande maison*, c'est dire qu'il porte une livrée ; à son front découvert on devine qu'il est largement doté d'intelligence.

— Salut ! monsieur Zéma, fit-il en s'inclinant.

— Bonjour !... Enfin, te voilà ? sais-tu-bien que je commençais à m'inquiéter, je craignais qu'il ne te fût arrivé quelque désagrément !

— La mission que vous m'aviez confiée n'était pas des plus faciles, sans cependant être bien dangereuse, et pourtant j'aurais tort de me plaindre... car j'ai réussi au mieux de nos projets...

— Ah ! fit Zéma, poussant un soupir de satisfaction. S'il en est ainsi, je ne puis te cacher mon contentement. Voyons, Mathurin, conte-moi cela... Sois bref !

— Voici. Pour commencer il est bon de vous dire que je me suis trouvé bien embarrassé quand j'ai appris que Mme la baronne du Platin avait changé de demeure ; je me dis : « Où diable la prendre ? »... Je cherchais dans ma tête, quand il me vint l'idée de m'adresser à l'épicier le plus voisin ; ce que je fis. Là j'appris, par le patron même, que la baronne habitait une petite maison cours Saint-Médard.

— Il vous sera facile de la reconnaître, me dit-il, car il y a devant la maison un petit boulingrin qui est protégé, sur le cours Saint-Médard, par un grillage en fer.

Après ce renseignement, je me suis dirigé vers l'endroit qu'on venait de m'indiquer. Il me fut facile de trouver l'habitation; voici la description que j'en ai conservée dans ma mémoire.

Elle est composée d'un premier étage. Pour y parvenir, on traverse le boulingrin en question; la porte d'entrée est à droite et s'ouvre sur un corridor qui aboutit à un jardin; le jardin est clôturé par un mur dans lequel se trouve une porte ayant accès sur la rue Mondenard. A gauche, il y a un salon; la porte se trouvait entr'ouverte quand je suis passé; ensuite vient la cage de l'escalier; plus loin, en suivant, est une salle à manger éclairée par une fenêtre qui ouvre sur le jardin; à côté de la fenêtre, sur la gauche, il y a une porte qui, probablement, conduit à la cuisine.

— Très bien, approuva Zéma... Mais comment diable, et par quel moyen, as-tu pu pénétrer dans cette maison ?

— J'ai choisi le moment où la laitière entrait pour déposer le lait. Quand elle a été au fond de la maison, je me suis lestement faufilé à sa suite, donnant un coup d'œil par ci, par là; quand j'ai été au bout du corridor un vieux bonhomme s'est avancé. Je lui ai jeté le premier nom qui m'est venu à l'idée; sur quoi, il m'a répondu : « Connais pas ! »

— Quel âge peut avoir cet homme-là ?

— Soixante à soixante-cinq ans ; il est brun, petit, trapu ; avec ça il a une bonne mine, il a les manières d'un vieil intendant.

— Comme ça, c'est tout ce que tu sais ?

— Moi, oui...

—Comment, toi, interrompit Zéma ? Aurais-tu donc initié un autre à ton secret ?

— N'ayez crainte, maître. Seulement, je veux ici vous parler d'une jeune fille, une ouvrière que j'ai vue sortir de la maison hier au soir, à sept heures, et que j'ai vue y rentrer ce matin, à huit heures et demie.

— Quel rapport cette dernière peut-elle donc avoir avec ce que tu cherches ?

— Monsieur, soyez assez bon pour écouter mon raisonnement... Le soir que je l'ai vue, continua Mathurin, elle portait au bras, enveloppé dans un mouchoir, comme un paquet ; c'était sans doute de l'ouvrage. Alors je pensai à la suivre, ce que je fis. Mais il est probable que la gaillarde est fûtée, car elle a su trouver le moyen de s'éclipser... Je suis certain que si on pouvait causer un peu avec elle, au moyen d'une minime somme on apprendrait tout ce qui se passe chez Mᵐᵉ la baronne.

— Mon cher Mathurin, tu as là une bonne idée et je me range à ton avis ; mais le tout est d'arriver à pouvoir causer avec elle.

Zéma s'arrêta. Il sembla réfléchir.

— Enfin, reprit-il après un moment de silence, il n'y a pas à balancer ; c'est cette jeune fille qu'il faut voir.

Dans ses yeux on devinait qu'il ruminait quelque chose. Alors, regardant Mathurin, il lui dit :

— Maintenant, tu vas te rendre à bord de l'*Artezia*; tu diras au capitaine que je l'attends demain à déjeuner.

— Bien, Monsieur, répondit Mathurin, et il sortit de la chambre.

II

L'OUVRIÈRE

Zéma, après avoir congédié son serviteur,
se prit à réfléchir. Il ne sortit pas de la journée. Le soir venu, en homme qui connaît la
ville, il se rendit à l'angle formé par la rue
Mondenard et le cours Saint-Médard ; ainsi
placé, il pouvait surveiller les deux issues de
la maison de la baronne. Il se prit à faire les
cent pas en attendant que sept heures sonnas-
sent, heure à laquelle, comme l'avait dit Mathurin, l'ouvrière devait sortir de sa journée.

Ce jour-là, elle quittait l'ouvrage et ouvrait
la porte qui donne sur la rue Mondenard une
demi-heure plus tôt que la veille.

— Diable! pensa-t-il, en la regardant s'éloigner, elle n'a pas d'heure fixe. J'ai bien fait d'être en avant, sans cela elle m'eût échappée ; et tout en parlant il s'élança sur ses pas.

La jeune fille était drapée dans un châle : à voir la façon dont elle serrait sa taille, on devinait qu'elle avait froid ; la neige n'avait pas fondu de la journée, le soleil avait paru et disparu aussitôt, pour laisser à sa place ce temps morne qui attriste tant les malheureux. Elle descendit la rue, prit à gauche la rue de Lyon, qu'elle suivit jusqu'à la rencontre de la rue Turenne. Là, elle s'arrêta et entra dans une maison de pauvre apparence. A peine avait-elle fermé la porte sur elle, que des cris enfantins se firent entendre dans une chambre du rez-de-chaussée.

— Ne pleure pas, mignon, fit l'ouvrière en pénétrant dans la chambre.

Celle-ci était petite, étroite ; l'ameublement consistait en un lit, à côté, un berceau en osier, quatre chaises, une petite armoire et une table sur laquelle brûlait lentement une chandelle.

Une femme, âgée de trente-cinq ans à peine, était assise sur un tabouret et placée devant une table ; elle travaillait à la couture. En face la porte, deux *ligots* ou morceaux de bois de pins placés en croix flambaient, dénonçant par leurs faibles lueurs une étroite cheminée. A côté du jambage de celle-ci, étendus sur le plancher, étaient des langes sur lesquels un enfant de treize à quatorze mois semblait s'ébattre à l'aise.

A peine la jeune fille avait-elle eu le temps d'embrasser sa mère et de prendre son frère dans ses bras qu'on frappa à la porte.

La mère prit la lumière à la main et alla ouvrir en murmurant :

— Je pense que c'est la voisine, qui fait de ses farces.

Mais aussitôt elle s'aperçut qu'elle s'était trompée, car elle se trouva en présence d'un étranger.

— Madame, lui dit vivement celui-ci, je vous demande pardon et je vous prie de m'excuser si j'ose me présenter si tard chez vous, mais dans la journée mes occupations m'en ont empêché. Voici quel est le but de ma visite : je suis chargé, de la part d'une dame qui ne connaît pas Bordeaux et qui y est arrivée tout nouvellement, de lui procurer une ouvrière. J'ai dû, connaissant beaucoup la baronne Du Platin, me transporter chez elle, et c'est elle-même qui m'a dit de m'adresser ici.

Durant ce petit dialogue, l'étranger qui

n'était autre que Zéma, était resté à la porte.
Aussitôt qu'il eût prononcé le nom de la baronne, la bonne femme l'invita à entrer ; il
ne se fit pas répéter l'invitation. Il entra.
D'un coup d'œil il comprit la misère de la
pauvre famille ; et, comme il arrive le plus
souvent, le malheur des uns fait le bonheur
des autres.

— Est-ce qu'il y a longtemps que vous travaillez chez la baronne ? demanda-t-il à la
jeune fille.

— Trois ans, monsieur.

— Pourriez-vous me dire ce que vous pensez
d'elle ?

Cette demande étonna la mère, car elle répondit vivement :

— Il me semble que monsieur vient de nous
dire qu'il connaissait la baronne ?

—C'est vrai, madame ; j'avoue que j'ai surpris
votre bonne foi ; mais n'en soyez pas fâchée :
je ne suis point à un âge où l'on s'amuse du
monde ; cependant, madame, je dois vous dire
que si j'eusse à votre place trouvé votre mari,
je lui aurais dit tout simplement : « J'ai besoin
de parler à votre demoiselle ; si vous voulez
me le permettre, vous me ferez plaisir ; toutefois vous pourrez entendre ce que je lui demanderai. » Si je vous avais parlé ainsi, peut-

être ne m'auriez-vous pas dit d'entrer !...
C'était ma seule crainte.

— Hélas ! fit la pauvre femme, qui, au nom
de son mari, sentit se raviver une blessure
inguérissable pour elle ; qui sait ? dit-elle, en
poussant un soupir.

— J'avais prévu cela. Aussi, pour vous dé-
montrer que je n'agis pas sans raison et sans
motifs, je tiens à vous payer l'ennui que je
viens vous causer.

Et Zéma, tirant de sa poche deux louis, les
posa devant la mère.

A la vue de l'or, la jeune fille ouvrit de grands
yeux et regarda sa mère comme pour lui demander conseil. Celle-ci la comprit sans doute,
car elle lui dit, non sans une certaine méfiance :

— Avant de parler, ma fille, fais bien atten·
tion de ne dire que la vérité.

Ces paroles étaient un encouragement pour
l'enfant.

— Sois tranquille, mère ! Alors, regardant
Zéma, la jeune fille ajouta : je suppose bien que
monsieur n'ira pas dire à la baronne ce qui se
passe ici ce soir ?

— N'ayez crainte, mademoiselle ; je vous le
jure devant Dieu ! Bon, pensa Zéma, maintenant qu'elle a peur, je puis être sûr de son
silence.

3

La jeune fille commença ainsi :

— Il y a trois ans, j'entrai comme ouvrière au service de la baronne. Ce jour-là, elle me parut honnête, bonne, généreuse ; j'étais on ne peut plus heureuse d'avoir trouvé cette pratique... j'y vais tous les jours. Je ne tardai pas à reconnaître que je m'étais trompée, et cela quelques jours après mon entrée dans la maison, alors que je vis venir un monsieur aux allures patelines, au regard faux : la première fois qu'il me vit, il fut d'une réserve exceptionnelle vis-à-vis de la baronne ; la seconde fois il devint un peu plus familier ; par la suite, ils ne se gênèrent plus ni l'un ni l'autre ; il arrivait même que parfois ils tenaient des propos si grossiers que je feignais, pour ne pas les entendre, d'aller montrer mon ouvrage à mademoiselle Rachel. La baronne avait sans doute quelques craintes à mon égard, si bien qu'un matin, comme j'entrais, elle me fit promettre la discrétion la plus absolue : « Sinon, ajouta-t-elle, je me verrai forcée de vous renvoyer de ma maison... » Et comme elle me paie bien, vous comprenez que j'ai toujours été muette et aveugle, comme on dit.

— Quelle est cette demoiselle Rachel ? demanda Zéma.

— La fille de la baronne.

— Quel âge a-t-elle?

— Dix-neuf ans.

— Mais cet homme dont vous parlez, est-il son père?

— Pas du tout, monsieur, il y a dix-huit ans que le baron a laissé sa femme et qu'il est passé à l'étranger, où il paraîtrait avoir acquis une fortune immense.

— Tiens! tiens! qui dit cela? fit Zéma étonné.

— Monsieur Benito.

Ce personnage devait être bien connu de Zéma, car, en entendant prononcer son nom, il secoua la tête et murmura:

— Misérable! Puis il poursuivit: la baronne sait-elle, ou, pour mieux dire, se doute-t-elle où est son mari?

— Oui, monsieur; d'après ce que j'ai cru comprendre il habiterait à Rio... Rio... ah! c'est curieux, je ne m'en souviens plus; elle réfléchit encore et dit: A Rio... Rio... Rio-Janeiro!

Zéma eut un fort mouvement de surprise.

— Voyez-vous souvent l'homme qui renseigne si bien la baronne?

— Journellement.

— Avez-vous remarqué la figure de cet homme, demanda Zéma?

— Oui, monsieur; j'y ai même vu une cicatrice, ou une couture plutôt, et avec ça qu'elle

paraît bien, attendu qu'il ne porte pas de barbe.
Mais, une chose drôle, c'est que la baronne en
porte une semblable au front. C'est pour cela
que, quand elle sort, elle a le soin de la cacher
en mettant son chapeau en avant.

— Cela vous paraît drôle, n'est-ce pas, mademoiselle ?

— Certainement, monsieur, repartit la jeune
fille.

— Eh bien ! quand un mari qui a du cœur
voit son nom jeté à la risée du monde, il ne lui
reste plus qu'une chose à faire : imprimer sur
la face des deux misérables qui en sont les auteurs le cachet de leur crime. De cette façon,
partout où ils se présenteront, il leur sera impossible de se dérober aux regards des curieux.
En agissant ainsi, le mari n'a pas un crime sur
la conscience, car il n'a tué ni la femme ni
l'amant, mais il les a tellement flétris qu'il leur
est impossible de se montrer dans une société
composée d'honnêtes gens.

— Monsieur connaîtrait-il M. Benito ?

— Que trop, mademoiselle : Et pour démon-
trer à la jeune fille qu'il disait vrai, il ajouta :
Cet homme est Espagnol, natif de Saragosse;
c'est un mauvais garnement qui autrefois a
exercé la profession de professeur; à une certaine époque il enseignait la langue de son pays,

et c'est alors qu'il a connu la baronne et qu'il est parvenu à s'en faire aimer. Mais passons ; ce que je sais de lui ne vous intéresserait guère... Voyons, dites-moi, mademoiselle Rachel voit-elle avec plaisir les allées et venues de ce personnage ?

— Pas précisément, mais il faut bien qu'elle supporte ce à quoi elle ne peut s'opposer.

— Ne sort-elle jamais ?

— Pardon, avec l'homme d'affaires. C'est lui qui l'accompagne et qui veille sur elle ; c'est lui qui a pour ainsi dire forcé la baronne à lui acheter un piano, et lui-même l'accompagne chez un professeur qui habite les allées de Tourny.

— Quel est donc cet homme ?

— Il ne m'est pas possible de vous renseigner, répondit la jeune fille ; ce que je puis vous dire, c'est qu'il est bien estimé de Mlle Rachel. L'ouvrière s'arrêta et elle parut réfléchir. Elle reprit :

— Si je ne me suis pas trompée, j'ai cru comprendre que M. Benito et Mme la baronne faisaient leur possible pour faire entrer Mlle Rachel dans un couvent... La pauvrette, fière et énergique, refuse toujours ; elle prétend que pour entrer dans les ordres il faut en avoir la vocation ; elle se débat sans cesse, mais Satan tourmente ses deux persécuteurs, et ils la tourmenteront tellement qu'il faudra bien qu'elle succombe... Pourtant cela m'étonnerait bien, car je crois qu'elle a une raison pour ne pas céder.

— Et cette raison est ?... questionna Zéma.

— Je crois qu'elle aime quelqu'un et que ce quelqu'un est le protégé de l'homme d'affaires. Dans cette maison c'est une vraie comédie : quelquefois, pour un rien la baronne se fâche, s'emporte après sa fille ; alors Jean Duras, c'est le nom du vieux serviteur, se fâche, tempête plus fort, de sorte qu'elle est obligée de se taire.

— La belle dame, fit Zéma sur un ton moqueur, n'est donc pas la maîtresse chez elle ?

— Avec tout autre que Jean, si, mais avec celui-là, non ; elle n'ose rien dire, car il la brave ! Il semblerait plutôt qu'elle le redoute ; pour qu'il en soit ainsi, il doit y avoir quelque chose de mystérieux. Quand la dispute est terminée, j'ai remarqué dans le regard du domestique quelque chose d'étrange ! Il pourrait bien se faire que Jean eût en mains quelque petite histoire, ce qui fait que la baronne, craignant en le chassant une indiscrétion de sa part, se voit contrainte de le garder.

— Cela pourrait bien être... Voyons, main-

tenant, revenons à ce que vous me disiez tout à
l'heure : Mlle Rachel aime un jeune homme ?...
le connaissez-vous ?

— Non, monsieur, car Jean Duras en garde
le secret; mais les femmes entre elles savent
si bien se deviner.

— Quelle chambre occupe Mlle Rachel ?

— Celle du premier étage; elle donne sur le
jardin, du côté de la rue Mondenard.

— Et celle de la baronne ?

— Au rez-de-chaussée, sur le devant; il y a
un salon formant alcôve.

— La baronne ne s'absente-t-elle jamais le
soir ?

— Rarement , pourtant elle a l'intention
d'aller dans trois jours au bal du Grand-Théâtre.

— Y emmènera-t-elle sa fille ?

— Je ne le crois pas, elle ne sort jamais avec
elle.

— Qui vous a dit que la baronne irait à cette
soirée ?

— Elle-même, et aujourd'hui elle m'a fait
commencer son costume.

— Plus de doute alors... quel genre de costume doit-elle avoir ?

— Un domino, et M. Benito, qui doit l'accompagner, sera en bourgeois.

— Merci de tous ces petits détails. Mainte-

nant, dites-moi : combien gagnez-vous par
jour ?

— Un franc cinquante.

Zéma réfléchit et reprit :

— Ce qui fait que vous avez gagné, depuis
trois années que vous êtes à son service, environ quatorze cents francs ?

— Dame, à peu près, fit vivement la mère,
répondant un peu au hasard pour sa fille.

— Permettez-moi de vous dire que, depuis
une heure, vous avez gagné le gage d'une
année. En parlant ainsi, Zéma jeta sur la table
une bourse qui, en tombant, fit entendre le son
d'un métal précieux et facile à deviner.

La mère et la fille furent interdites de voir
tant de largesse de la part de l'étranger.

— Vous nous avez payés à l'avance, monsieur, dit l'ouvrière en repoussant la bourse.

— Bah ! bah ! prenez donc, mademoiselle.
Et, comme pour l'exciter à accepter, il ajouta :
En agissant ainsi je ne suis qu'un ingrat, puisque, comme je vous l'ai dit, vos renseignements sont d'une grande valeur pour moi et
me rapportent bien davantage.

— S'il en est ainsi, Monsieur, je vous remercie beaucoup, dit la mère.

— Ah ! monsieur, reprit la jeune fille, si
vous saviez le bien que vous nous faites. Mon

pauvre père est mort il y a deux ans; depuis ce temps il semble que le malheur ait pris racine chez nous. Il nous est impossible, même en économisant beaucoup, de payer les dettes que nous avons contractées durant sa longue maladie... Hélas! les grands ne connaissent pas les misères et les douleurs des petits! Mais, puisque aujourd'hui une âme généreuse se présente à nous pour la première fois depuis notre grand malheur, permettez-moi de vous remercier. Et la jeune fille, regardant sa mère, à qui ce souvenir venait de rappeler un être cher, se mit à pleurer.

— Maintenant, je voudrais vous demander encore une chose, dit Zéma.

— Parlez, monsieur, répondit la mère, et si c'est possible...

— Ce serait dans le cas où la baronne changerait d'avis et n'irait pas au bal: il faudrait alors que vous eussiez l'obligeance de m'en aviser... tenez, faisons mieux, je vous enverrai mon domestique tous les soirs à huit heures, jusqu'au jour du bal.

— C'est entendu, répondit la mère...

Un instant après, Zéma rentrait à son hôtel.

III

PRÉPARATIFS

Le lendemain, à dix heures du matin, dans le petit salon de l'hôtel meublé, deux hommes se mettaient à table. Le premier était Zéma, le second était le capitaine de l'*Artézia*. Celui-ci pouvait avoir quarante ans ; il portait de gros favoris, ce qui lui grossissait encore la tête et la faisait paraître énorme ; ce qui n'allait guère à sa taille, qui ne dépassait pas quatre pieds et demi.

— Vous dites donc, senor, prononça le capitaine de sa grosse voix, que le coup est pour demain soir ?

— Si jusque-là il n'y a rien de nouveau...

Pourtant, je ne sais pourquoi, mais j'ai la conviction que tout ira au mieux.

A ce moment la porte s'ouvrit, et Mathurin, la serviette sur le bras, entra, portant un bifteck fumant.

— Ferme-nous la porte et assieds-toi là, lui dit Zéma en montrant une chaise. Mathurin obéit.

— Dis-moi? continua-t-il en le regardant, ne pourrais-tu pas me procurer un cocher qui eût un fiacre à son service et sur lequel on pût compter pour faire une course qui serait bien payée. Il faudrait qu'il fût prêt pour demain soir?

Après avoir réfléchi un instant, Mathurin répondit :

— Je me rappelle, étant tout enfant, qu'il y avait dans le quartier Saint-Nicolas un voiturier qui passait pour être capable de tout... je dis capable de tout, sans cependant être un assassin ou un brigand; je veux dire seulement qu'il se chargeait de faire la fraude avec une adresse incroyable. Si je pouvais le retrouver, je suis presque certain qu'il accepterait toute proposition,... moyennant bonne récompense, bien entendu ; mais le tout est de le retrouver.

— Tu le chercheras, parbleu ! Et à défaut de celui-là, tu m'en procureras un autre. Je ne te dis pas autre chose. Seulement, souviens-toi bien que demain soir, à huit heures, il faut qu'une voiture m'attende à la porte de l'hôtel.

— Elle y sera, affirma Mathurin.

— C'est bien ! Maintenant, sers-nous le café, et tu pourras te mettre en campagne.

Après avoir terminé son service, le domestique s'en alla, laissant le capitaine surpris de voir avec quel dévouement Zéma était servi : il ne put dissimuler son étonnement.

— A mon bord, dit-il, je ne suis pas mieux obéi que vous ne l'êtes ici... Cependant, nous avons la crainte du conseil de guerre qui force les mauvaises têtes à marcher droit.

— Dame ! repartit Zéma, on n'a pas besoin ici de conseil de guerre. Tenez, capitaine, vous voyez ce garçon qui vous parait si intelligent ?... Un jour, il me vola ; mais plutôt que de le mettre entre les mains de la justice, car vous savez ce que devient un jeune homme qui a été en prison, je le moralisai et lui administrai une bonne correction.

— Diable ! comme vous y allez, interrompit le capitaine.

— Vous allez voir : l'action passée, la morale appliquée, mon garçon se jette à mes genoux et me demande pardon en me promettant que cela ne lui arriverait plus. Depuis ce jour j'ai eu un employé fidèle et dévoué. Vous pouvez croire que je l'ai éprouvé plus d'une fois; et si je l'avais livré à la justice je n'aurais fait de lui qu'un vagabond, qu'un mauvais sujet. Le pauvre garçon le reconnait si bien, qu'aujourd'hui il se sacrifierait pour moi. Je lui ai fait gagner une petite aisance en l'occupant à mon commerce, et maintenant je crois qu'il n'en a pas pour bien longtemps à être sous mes ordres. Il accomplit dans ce moment son dernier exploit. Il a assez des pays étrangers, il veut rester à Bordeaux.

Maintenant, capitaine, causons de notre affaire :

Vous avez désigné l'endroit où le canot doit accoster ?

— Oui, senor.

— Mathurin l'a bien remarqué.

— Très bien; c'est un petit fûté que votre Mathurin, il connait tous les coins et les recoins de la ville.

— Ce n'est pas étonnant, c'est un Bordelais.

— Quand je lui eus montré l'endroit où l'embarcation sera embossée : «C'est entre Claveaux et la Sabatière, » dit-il; puis il ajouta: « On ne peut trouver mieux. » En effet, en cet endroit les roseaux sont en grande quantité et d'une bonne hauteur. A cent mètres environ il

y a un chemin jusqu'où la voiture pourra avancer. Carlin sera blotti dans les hautes herbes ;
au premier appel il sera sur pied, et aidé de
Mandri ils enlèveront la personne en question.

Capitaine, vous aurez l'obligeance de bien
vous assurer de vos hommes ?

— A ce sujet, senor, soyez sans crainte, je
les connais : ils sont bien payés, ils obéiront de
même.

— Vous n'avez pas oublié que la sentinelle
douanière veille la nuit, et qu'à Bordeaux le
service se fait remarquablement bien.

— J'y ai songé et mes mesures sont prises en
conséquence, répondit le capitaine. Il est donc
bien arrêté que demain soir, à dix heures, deux
hommes iront prendre leur poste aux lieux in-
diqués, tandis qu'une chaloupe, armée de six
hommes, ira vous attendre à la cale qui se trouve
devant les allées d'Orléans. Aussitôt que vous
serez rendu à bord on fera force de rames et
vous viendrez rejoindre le vapeur, qui aura descendu et qui nous attendra en rivière.

— Une dernière recommandation : Veillez
au grain ! vous n'ignorez pas, capitaine, que
nous commettons dans ce moment un rapt et
que nous serions de bonne prise.

— N'ayez pas peur, Senor, vous verrez que

l'affaire se passera sans trop de peine... Du reste, il n'y a pas de lune, ce qui facilitera beaucoup l'embarquement.

— Dieu vous entende, capitaine, dit Zéma, qui, s'étant levé, allait et venait dans la chambre. N'oubliez pas à sept heures de m'envoyer Mandri.

— C'est entendu, répondit le capitaine en homme qui est sûr de lui.

. . . .

Le soir d'un bal masqué la Place de la Comédie est toujours envahie par une foule de curieux qui se pressent, se bousculent les uns les autres, à l'effet de pouvoir mieux voir et en même temps critiquer les costumes plus ou moins riches qui vont embellir de leurs couleurs variées la magnifique salle du Grand-Théâtre.

Ce soir-là, comme à l'ordinaire, une foule considérable encombrait les abords du beau monument. Devant cette foule se tenait, debout, un homme qui semblait regarder et observer avec plus d'intérêt que les autres les masques travestis qui descendaient de voiture.

C'était Mathurin.

Il y avait une heure qu'il était là quand arriva un fiacre d'où l'on vit descendre une dame masquée: elle portait un certain domino ; un monsieur l'accompagnait.

Après les avoir bien remarqués, Mathurin
prit ses jambes à son cou et fut bientôt arrivé
rue du Palais-Gallien.

Une voiture stationnait devant l'hôtel, le cocher était assis sur son siège. En le voyant, Mathurin s'approcha et lui dit :

— Je suis content de voir que vous n'êtes pas
en retard... Avez-vous changé le numéro de la
voiture ?...

— Tout est prêt, il n'y a plus qu'à partir, répondit le cocher.

Mathurin monta chez son maître, qui l'attendait avec impatience. Celui-ci était vêtu
d'un domino, et avait mis son masque.

— Ils sont entrés, dit le domestique.

— Tu ne t'es pas trompé ?

— Non, monsieur. J'ai parfaitement regardé le costume de la dame et, encore mieux,
la balafre que le monsieur porte sur le côté
droit de la figure.

— Très-bien ! et si tout semble me favo-
riser et si tout réussit à merveille, c'est que
le destin m'est propice, et veut que ma vengeance éclate!... Tout est réglé partout, n'est-
ce pas ?

— Oui, monsieur.

— N'oublie aucune de mes recommanda-
tions ?...

— N'ayez crainte.

— Eh bien ! partons.

Ils descendirent et montèrent dans la voiture, qui les attendait depuis un moment et où déjà un troisième personnage était installé. C'était Mandri, le matelot que Zéma avait demandé au capitaine. On ne lui voyait que le blanc des yeux, un béret couvrait sa tête crépue, et son visage, d'un noir d'ébène, disparaissait dans l'obscurité de la voiture.

— En route ! cria Zéma. Puis, s'adressant à Mathurin et à Mandri, il leur dit : Rappelez-vous : « être muets et attentifs ! »

Ceux-ci répondirent par un signe de tête affirmatif.

IV

L'ENLÈVEMENT

Dix minutes après la voiture s'arrêtait devant la maison de la baronne Du Platin.

Le cocher, qui, par précaution, avait relevé le col de son manteau, ouvrit la portière, ensuite il remonta sur son siège. Zéma descendit de voiture, et se retournant vers Mandri et Mathurin, il leur fit un signe significatif qui voulait dire une fois de plus : « Attention ! » Puis il s'approcha de la grille, interrogea du regard la façade de la maison, et n'apercevant pas de lumière, il se dit :

— Serait-il déjà couché?...

Il tira le bouton de porcelaine de la clochette.

Aussitôt, derrière les vitres bleues et rouges de l'imposte, il aperçut une faible lumière. Elle grossit vite. La porte s'ouvrit.

Un vieux bonhomme d'une soixantaine d'années parut ; il tenait un flambeau à la main, qu'il posa à terre, puis il s'avança vers la grille, qu'il ouvrit.

— Est-ce vous, madame ? dit-il en apercevant le domino.

— Non, mon ami, ce n'est pas votre dame... mais je viens de sa part chercher son éventail. « Vous le trouverez, m'a-t-elle dit, dans l'alcôve, sur le lit. » C'est là qu'elle l'a posé avant de partir.

Zéma parlait au hasard, mais d'un ton si sûr, que le bonhomme n'eut aucune défiance.

— Je vais vous le chercher, monsieur, répondit-il en tournant les talons.

Zéma, au lieu d'attendre, le suivit, et fut suivi lui-même par Mandri et Mathurin, qui, après s'être dérobés à la vue du domestique, étaient descendus de voiture et marchaient maintenant sur la pointe des pieds.

A peine le vieillard fut-il dans le salon qu'il se sentit serré à la gorge par une main forte et solide. Le pauvre homme était pris au piège. Il comprit de suite d'où partait l'attaque. Il fit des efforts pour crier et appeler du secours,

mais Mandri lui passa un mouchoir dans
la bouche : bâillonné ainsi il ne pouvait que
faire silence. On le garrotta, sans cependant
lui faire mal, et on le posa sur le plancher
devant la cheminée. Le tour s'était accompli
à souhait, c'est-à-dire sans bruit. Mais ce
n'était pas tout ; il s'agissait maintenant d'enlever la jeune fille.

Zéma prit, sous son costume, un grand drap
noir qu'il déploya, et le posa sur son bras.
Ensuite, il prit à la main un mouchoir blanc
en fil d'ananas, et il se dirigea sans bruit vers
l'escalier qui conduisait à la chambre de la
jeune fille. Il monta. En arrivant à la hauteur
du palier, il aperçut, filtrant sous la porte, un
jet de lumière.

— Diable ! pensa-t-il, elle n'est pas couchée...
Il n'y a pourtant plus à balancer, il faut en finir.
Il acheva de monter les deux ou trois marches
qui le séparaient de la porte : il frappa.

— Est-ce toi, Jean ?... fit une voix fraîche et
sonore dans l'intérieur de la chambre.

— Oui, mademoiselle !... ouvrez, ouvrez
vite ! répondit Zéma, en cherchant à contre-
faire de son mieux la voix du domestique.

La jeune fille, sans méfiance, ouvrit la porte
de sa chambre.

— Qu'est-ce qu'il y a, dit-elle ?

— Rien! lui fut-il répondu.

Elle n'eut que le temps de pousser un faible cri : aussitôt elle fut saisie, bâillonnée à l'aide d'un mouchoir et enveloppée dans le drap que Zéma portait à cette intention. Ensuite il l'enleva dans ses bras nerveux et il l'emporta, comme on porte un enfant, jusque dans la voiture, où il trouva Mandri déjà réinstallé.

Mathurin avait disparu.

Zéma revint près de Jean Duras. Le pauvre homme, las de se débattre, était anéanti; il pleurait de rage.

— Vous n'avez rien à craindre, mon brave! lui dit-il. J'ai beaucoup de peine à vous voir ainsi, mais vous n'y resterez pas longtemps. La baronne va venir; pour ne pas qu'elle vous accuse, il faut qu'elle vous trouve ainsi. Maintenant écoutez bien ce que je vais vous dire : demain, vous irez à la grande poste, vous y réclamerez une lettre chargée; elle est à votre adresse. C'est pour récompenser vos bons services auprès de Mˡˡᵉ Rachel Du Platin, que son père m'a chargé de vous donner ces gratifications.

Cela dit, Zéma prit un flambeau, alla tirer le verrou de la porte qui avait accès sur la rue Mondenard, et revint. Il posa le flambeau sur la cheminée de la salle à manger, passa au salon, enleva Jean et le transporta dans la salle à manger, puis il sortit par la grille, où il prit place dans la voiture, à côté de Rachel, laissant Jean Duras en proie à une grande anxiété.

La voiture partit. Un moment après elle s'arrêtait sur la place de Tourny ; alors on vit un homme se détacher de l'embrasure d'une porte et s'approcher de la voiture.

— J'ai remis la lettre à la baronne, dit-il en ouvrant la portière.

— Très-bien, lui répondit Zéma en sautant à terre. Maintenant, Mathurin, prends ma place, et, puisque tu veux me laisser, adieu ! Il lui serra la main. Et s'adressant à Mandri, il lui dit : « Souviens-toi de ton maître ! »

— Bon maître ! murmura le noir.

Zéma regarda Rachel. Puis il ferma la portière, s'approcha du cocher et lui dit tout bas :

— En route ! à fond de train !...

Aussitôt la voiture s'éloigna dans la direction de la place Picard.

Zéma, masqué, ne pouvait rester longtemps sur cette place sans y être remarqué, bien qu'il n'y eût là rien de ridicule, puisqu'on était en plein carnaval. Il fit donc quelques pas, traversa les allées de Tourny, où se trouve une station de voitures et en prit une en donnant cette adresse :

— Rue Mondenard !

V

L'HOMME ROUGE.

Maintenant, revenons sur nos pas. Pénétrons dans la maison où vient d'avoir lieu l'enlèvement de Rachel. Cinq minutes après que Zéma eût tiré à lui la porte de la grille, celle-ci était ouverte de nouveau par un jeune homme qui traversait ensuite le petit espace qui le séparait de la porte de la maison et pénétrait d'un pas mal assuré dans l'intérieur.

La lumière l'attira dans la salle à manger. Le nouveau venu était blond, il portait la moustache et l'impériale, ses grands yeux semblaient timides, ses lèvres un peu fortes dénotaient une passion assez prononcée ; il était vêtu d'un long pardessus, coiffé d'un chapeau de soie ; en somme, il était mis avec une certaine recherche de coquetterie qui dénonçait le désir qu'un jeune homme a de plaire à celle qu'il aime.

A la vue de Jean Duras il ne put s'empêcher d'exprimer sa terreur ; intérieurement, le cœur lui battit fort : il lui sembla, en voyant cet homme ainsi garrotté, qu'un grand malheur était arrivé.

— Mon Dieu ! qu'avez-vous ? dit-il en s'approchant de lui, dans quelle terrible position je vous trouve !

Sur les traits du jeune homme se peignait une sorte d'épouvante, et c'est en tremblant qu'il s'approcha du domestique, dont il détacha vivement le mouchoir.

— Ah ! fit le pauvre homme en humant une bouffée d'air. Puis il ajouta : Partez, monsieur Henry, partez vite ! Il se passe ce soir ici des choses étranges ; croyez-moi, partez sans retard, j'irai vous voir peut-être cette nuit, mais demain certainement.

— Mais, Mlle Rachel ?

— Enlevée !

— C'est impossible ! laissez-moi sortir vos

liens et nous fouillerons, nous chercherons ensemble?

— Non, non, laissez, laissez, ce n'est pas le moment, remettez le mouchoir sur ma bouche et fuyez; je redoute une scène bien terrible.

A ce moment, le vieillard sembla prêter l'oreille et dit:

— J'entends le bruit d'une voiture; portez la lumière au salon et sauvez-vous prestement.

Henry, après avoir noué le mouchoir, obéit machinalement. A peine était-il sorti qu'il vit une voiture s'arrêter à la porte : une femme en descendit et entra en courant dans la maison. Un monsieur la suivait. Elle pénétra dans le salon.

— Qu'est-ce qu'il y a donc?... se dit-elle à elle-même. J'aurai mal lu, et probablement je suis l'objet d'une mystification. Du reste, ce jeune homme qui m'a remis cette lettre a disparu aussitôt... pourquoi ne m'aurait-il pas attendue?

Alors, dépliant le billet qu'elle tenait à la main, elle s'approcha de la lumière, qu'Henry, un instant auparavant, avait posée sur la cheminée, et elle lut :

« Madame la baronne Du Platin, un grand malheur vous menace; si vous voulez l'éviter, rentrez chez vous, il n'est que temps, peut-être encore sera-t-il trop tard ! »

Le monsieur, qui n'était autre que Benito, se pencha sur la lettre et murmura :

— Pas de signature !...

La baronne se retourna, aperçut l'alcôve ouverte ; elle s'en approcha et vit le lit dérangé en plusieurs endroits ; une chaise était renversée sur le plancher. Plus de doute, l'avis donné était réel. Un frisson glacial courut dans ses veines, ce frisson réveilla en elle le souvenir de sa fille. Elle s'empara de la lumière, et, sans s'occuper de Benito, qu'elle laissa dans l'obscurité, elle monta à la chambre de Rachel. La trouvant vide, un soupçon passa dans son esprit.

— Mais Jean, où est-il ?... je ne le vois pas ni ne l'entends ? Oh ! s'écria-t-elle, en portant la main à son front ; s'il m'a trahi ! s'il est complice ? Malheur à lui, je saurai l'atteindre.

C'est à la hâte qu'elle descendit l'escalier. Quand elle fut au pied, elle appela :

— Jean ! Jean !

N'obtenant pas de réponse, elle se dirigea vers la salle à manger.

Duras était devant la cheminée, il n'osait pas lever les yeux vers la baronne. Celle-ci, en l'apercevant, bondit vers lui.

— Misérable! qu'as-tu fait de ma fille? Pour obtenir une réponse, Benito dut délier le mouchoir et les liens qui enserraient le domestique.

— Madame, voyez mon désespoir! voyez à quoi l'on m'a réduit! prononça Jean.

— Que s'est-il passé? parle, parle, je suis pressée? j'irai de suite avertir la police, et nous verrons bien...

Duras raconta donc, le mieux qu'il put le faire, ce que le lecteur connaît, puis il ajouta:

— Je voyais bien ce qu'ils allaient faire et je souffrais les martyres en pensant qu'il m'était impossible de lui porter secours. J'en entendis un monter les marches de l'escalier; là-haut, je ne pourrais dire ce qu'il fit, mais, moins de cinq minutes après, je vis passer dans le corridor une ombre, c'était mademoiselle Rachel qu'on enlevait, après l'avoir baillonnée comme moi, avec un mouchoir blanc. Elle était enveloppée d'un manteau noir. Quand elle passa, j'entendis ces mots : « Mademoiselle, vous n'avez rien à craindre, seulement, laissez-vous conduire. » Après avoir emmené votre fille à la voiture, le chef revint vers moi, et me dit: « Sois tranquille, il ne sera fait aucun mal à ta maîtresse, je veux simplement l'arracher à la surveillance de sa mère. » Daignez croire, madame, que votre très humble serviteur ne vous dit ici que l'exacte vérité. Garrotté comme je l'étais, je n'ai rien pu faire pour la défendre.

La baronne, pendant qu'il parlait, ne le quittait pas des yeux, et comme si une menace ou une violence eût dû lui faire découvrir la vérité, elle dit :

— Jean Duras, tu n'es qu'un traître !... Tout ce que tu me racontes-là n'est qu'un mensonge, et cette corde n'a servi qu'à donner le change à la comédie que tu joues maintenant.

Alors, la baronne, se retournant, poussa avec violence la porte qui donnait sur le corridor, et continua: « Tu vas mourir ! »

La baronne ne put se contenir ; elle arracha son costume et se trouva en taille ; alors, elle se montra telle qu'elle était ; la colère lui grandissait les yeux démesurément et contractait ses traits. Benito contemplait cette scène lugubre, plus étonné et peut-être plus lugubre était-il lui-même.

— Madame ! répliqua Jean, voyez, la douleur m'accable !

— Je devine, dit-elle, la trahison est ton ouvrage.

A ce moment son regard devint pâle de colère, ses narines se dilatèrent, elle se tordit les bras, et semblable à ces lutteurs de foires, on entendit le craquement de ses os; les gros mots, les jurons tombaient comme grêle sur Jean ; en un mot, elle était ivre.

— Tu n'auras pas affaire à qui tu crois et je me charge, pour te punir, de te crever les yeux, poursuivit la baronne.

Devant ces paroles insensées, mais menaçantes, le vieux domestique rassemble son courage ; il relève fièrement la tête et répond :

— Madame ! la colère vous aveugle, j'en suis ému de pitié ! Duras dit cela sans s'émouvoir.

La baronne fit un mouvement et s'approcha de lui.

— Si vous faites un pas de plus, malheur à vous, car maintenant je ne suis plus votre valet; je suis mon maître et je ne vous crains pas. Jean Duras, en parlant ainsi, ressemblait à un héros d'autrefois. Ah ! madame, continua-t-il, il fallait, plutôt que de laisser seule votre chère enfant, pour courir vous divertir dans ces bals entraînants, il fallait, vous dis-je, garder votre maison, ainsi, vous auriez été auprès de votre fille pour la défendre ; là, au moins, vous auriez vu le fait tel qu'il s'est passé, et vous, malheureuse femme, n'auriez pas besoin, à l'heure qu'il est, qu'un laquais fût obligé de vous la raconter !

— O scélérat ! c'en est trop, s'écria Xilta, montée au paroxisme de la fureur.

La main levée elle s'approche de Jean, celui-ci recule, déjà son dos touche à la porte qui conduit à la cuisine ; elle va l'atteindre, le forcer à se défendre.

Tout à coup, derrière Jean, la porte s'ouvre, et soudain un homme apparaît. Il est masqué et enveloppé dans un long manteau noir à capuchon, sorte de domino ; sur le devant du manteau sont représentées, en blanc, des croix et des têtes de morts.

— Un instant ! madame, tonna le nouveau venu.

La baronne, cette femme si hardie, qui un instant auparavant menaçait Duras, à la vue de l'étranger recula terrifiée. Benito, qui n'avait pas bronché de place, sembla chercher un refuge ailleurs ; il se dirigea vers la porte, mais, à sa grande surprise, elle était fermée.

— Vous désiriez sortir, monsieur Benito ? fit l'étranger. En entendant prononcer son nom l'intrus trembla de tous ses membres ; à l'égal des lâches il commençait à craindre quelque mésaventure.

L'étranger continua :

— Soyez tranquille et veuillez prendre patience, monsieur, je n'en ai pas pour bien longtemps ; et se retournant vers la baronne stupéfaite, il lui dit :

— Vous ne m'attendiez pas, madame ?...

— C'est vrai, monsieur, et j'en suis à me demander ce que vous pouvez me vouloir ; et puis, au fait, de quel droit vous êtes-vous introduit chez moi ?

L'étranger ne répondit pas, il la regardait au travers de son masque.

— Monsieur, sortez donc votre masque, continua-t-elle en dominant un peu sa colère, qu'au moins je voie si je suis en présence d'un ami ou d'un ennemi ?

— Les amis, madame ne se présentent pas dans de semblables conditions, repartit l'homme masqué.

— Qui êtes-vous donc, enfin, vous qui forcez les portes des maisons et volez le monde, sinon un malfaiteur ?...

— Oui et non.

— Ah ! fit la baronne en hochant la tête.

— Oui, je fais partie de cette bande qui est venue tout à l'heure, puisque j'en suis le chef ; mais ce n'est pas, comme vous le dites, une bande de malfaiteurs.

Jean, à la vue de l'homme masqué, s'était appuyé à la boiserie ; là, il écoutait parler celui qui venait de faire reculer la baronne.

Cette voix, se disait-il, est la même que j'ai entendue il y a un moment.

— Qu'avez-vous fait de ma fille ?

— Madame, continua l'homme masqué sans répondre à sa question, je crois que votre mé· moire vous fait défaut ; vous ne reconnaissez plus à la parole celui qui, autrefois, a été de vos amis ; il est vrai qu'il y a assez longtemps.

— Vous ! monsieur... jamais ! Tout ce que vous dites là n'est qu'un tissu d'insultes ajou- tées à votre audace.

— Vous avez raison, madame, j'ai menti ; mais si j'ai menti, le mensonge ne m'a pas as- sez aveuglé pour m'empêcher de voir encore une fois que votre regard de tigresse ne vous a pas abandonné.

Si dans ce moment le masque de l'inconnu fût tombé, on aurait pu voir le rouge de la co- lère empourprer son visage, mais ce fut de courte durée.

— Vous êtes donc Satan, monsieur, pour me parler ainsi ? Et sans se déconcerter elle pour- suivit : Oh ! oh ! ne vous y méprenez pas ; je ne crains rien ; bien que je ne sois qu'une femme je saurai me défendre, vous ne devez pas ignorer que vous abusez de moi ; que vous avez violé l'entrée de ma maison, mais je sais fort bien que je suis chez moi, et quoi qu'il arrive, je serai dans mon droit.

Alors elle s'aproche d'un buffet, en ouvre le tiroir, saisit un couteau espagnol à grande lame, et, brandissant son arme :

—Vous ne voulez pas dire votre nom ?

L'homme masqué ne répondit pas. Voyant cela, la baronne recule d'un pas comme pour prendre un élan, puis elle s'écrie :

— Votre silence est seul la cause de mon crime !

D'un bond elle s'élance sur l'homme masqué, mais au moment de le frapper elle sent quelque chose de froid au visage, l'homme qui est devant elle n'est plus en noir, il s'est métamorphosé : le froid qu'elle sent au visage, et dont elle conserve quelques secondes l'empreinte blanche sur le front, est produit par le canon d'un pistolet.

Maintenant le manteau noir de l'inconnu est tombé en arrière, entraînant avec lui le masque et le capuchon. Il est tête nue, un justaucorps écarlate couvre sa poitrine, une ceinture garnie de pierreries à laquelle se trouve suspendu un poignard jette des reflets si forts qu'ils éblouissent la baronne. Devant ce changement subit elle se laisse choir dans un fauteuil, son

couteau lui échappe des mains et tombe sur le
plancher.

— Vous êtes vive, ma bonne dame! et puis
que mon masque a disparu pourriez-vous me
dire enfin si vous me reconnaissez ?

Le masque tombé, Benito avait sans doute
reconnu cette figure, car il s'était retiré dans
une encoignure, et là, pâle, terrifié, il s'était
mis à trembler plus fort.

— Oui, je vous reconnais, dit la baronne,
mais laissez-moi ; fuyez, fuyez, rêve maudit qui
me rappelez un passé affreux... Tenez, laissez-
moi souffrir seule. Ah ! comme vous me faites
peur ; oui, c'est bien là sa figure... c'est lui !
Ah ! fuyez, fuyez, vous dis-je. Je ne peux plus
vous voir, mes yeux se voilent, partez, partez,
ou je tombe, écrasée sous l'éclat de votre regard inflexible.

— Madame, avant de m'en aller, je viens vous
dire : Xilta ! il me faut mon fils ! il serait inutile de dissimuler, Madame, je sais tout. Un
hasard a permis que je découvrisse le cocher
qui vous a accompagnés en Saintonge, il m'a
tout dit, tout raconté. Une autre personne que
vous connaissez, et qui se nommait, quand elle
vivait, Marthe, a complété ces renseignements.

La baronne eut un mouvement de surprise.

— Je comprends que cela vous étonne, continua Zéma, mais une chose qui vous étonnera bien davantage, c'est quand je vous dirai que je ne partirai pas sans savoir ce qu'est devenu mon fils.

Xilta répondit d'une voix suppliante :

— Dis-moi ? Lancy... tu sais... on est jeune, on aime, et dans un élan comparable à la folie, on s'oublie ; alors la honte qui plane sur notre tête s'empare de nous, et que faire !... O mon Dieu ! que faire... que faire !

— Un crime ! n'est-ce pas, vile créature ? je le sais, maintenant ; c'est toi, Xilta, baronne du Platin, qui as été le bourreau de ton fils, et Dieu, Dieu lui-même t'a maudite ! Quelle honte avais-tu à subir ?... celle du monde, diras-tu ; il fallait le fuir, alors, ce monde que tu redoutais tant, et élever ton fils. Quand on commet une faute, on doit avoir le cœur de la supporter ; pourtant, tu savais que je t'aimais, et que ce voyage qu'on me fit faire aux Indes ne dépendait pas de ma volonté. Une lettre que je t'adressai, et dans laquelle je t'expliquai tout ce qui s'était passé, te donnant mon adresse, resta sans réponse. Tu pensais à mieux que cela : tu avais fait un pas sur le chemin de la honte, et croyant en faire disparaître la trace, tu trempas tes mains dans le crime. Oh ! je te l'ai dit, je sais tout ce qui s'est passé, et si bien

que maintenant je vais te nommer ton complice... le voilà !

Benito, au comble de la stupeur, tomba à
genoux, balbutiant des mots inintelligibles.

Xilta, courbée sous le poids de sa faute, ne
trouvait pas une parole, un mot à dire.

— Eh bien ! mon absence était de trop, et ta
passion impatiente ne pouvait attendre mon
retour, continua Lancy, aussi tu réussis à faire
disparaître ta victime ; mais ce qu'on ne peut
faire disparaître, c'est le remords, qui reste
comme le plus dur et le plus terrible des châ-
timents !

Mais, pour toi, ce n'était pas assez d'un
crime, il te fallait un nom, c'est-à-dire un mari,
un rideau pour t'abriter. Alors tu pris cet
honnête homme, et quand tu en fus lasse, tu
l'accablas de jugements téméraires qui n'étaient
applicables qu'à toi-même, et le forças pour
ainsi dire à s'éloigner de toi. Là, seulement,
tu as été heureuse, tu as connu ce que c'était
que la liberté, mais quelle liberté, grand Dieu !...
la corruption sous un titre ; hélas ! liberté bien
digne d'une créature telle que toi !

Xilta était livide, et pourtant, dans son silence, une pensée se glissa dans son imagination :

— Si je pouvais encore me faire aimer de

lui?... au diable Benito! se dit-elle mentalement. Il me semble que je n'aurais plus ce remords, qui chaque jour m'abrège la vie.

Il y a de ces natures qui ne doutent de rien. Aussitôt elle releva la tête et reprit :

— Maudissez-moi, si vous voulez, je ne crains pas vos malédictions, je n'aimais pas Du Platin, vous savez bien !

— Pourquoi t'être donnée à lui, alors ?

— Il était riche ! mais tu le sais, ce n'est pas lui que mon cœur avait rêvé ?...

Elle se rapproche de Lancy, semblable à ces femmes que la passion tourmente sans cesse, et elle lui dit avec une certaine minauderie :

— Parle-moi !... je suis coupable ! mais si tu savais tout ce que j'ai souffert, tu me pardonnerais... allons, mon ami, ne te fâche pas... avance-toi !

Lancy, en présence de tant d'hypocrisie, sembla retenir un mouvement de dégoût.

La baronne continua :

— Je ne te ferai pas de mal... Ne sais-tu pas... que sur ce fleuve qu'on appelle... l'amour... tu nageais toujours à la surface ; et mes yeux et mon âme te suivaient. Ton fils, comme tu le disais tout-à-l'heure, n'est peut-être pas mort; qui sait, une main meilleure que la mienne ; — car je ne le cache pas, j'étais folle

de terreur, — peut l'avoir secouru. Mais vois,
mon ami, j'étais si folle, et j'avais si peu l'intention de lui ravir la vie, que j'avais gravé sur
sa petite poitrine, au moyen d'une aiguille à
tricoter que j'ai tordue et ensuite fait rougir à
la lampe, deux lettres, un G et un X, premières
lettres de ton nom et du mien. Ah! mon
Gustave, aime moi comme je t'aimerai... res-
tons ensemble; mon mari ne reviendra jamais,
et tu verras que nous serons heureux.

Elle fait un mouvement pour saisir la main
de Gustave.

— Arrière! assassin! dit-il en la repoussant;
j'ai assez de ton ignoble langage! je ne sais
qui me retient et qui m'empêche de t'anéantir.
Tu n'es qu'une misérable! et cet homme qui
t'a poussée au crime est bien digne d'être ton
émule.

Gustave montrait Benito, accroupi dans un
coin; et tout en le regardant dans les yeux, il
lui dit :

— Je t'ordonne de sortir d'ici : si malheureusement je te trouve une autre fois sur mon
chemin, je te tuerai comme un chien. Ah! tu
crois peut-être que j'ai oublié la date néfaste
du 2 Décembre, alors que pour m'éloigner de
Bordeaux, où ma présence te gênait, tu allas
me dénoncer à la commission mixte comme

un ardent révolutionnaire, et comme tu le pensais bien, la commission, aussitôt, s'empressa de lancer à mes trousses toute la meute impériale. Ah! tu peux te flatter d'être un fieffé coquin!

— Grâce, grâce! monsieur, je ne suis pas méchant, moi! dit Benito, pâle comme la mort.

— Diable! tu as donc bien changé?... enfin, pars, pars vite!

Benito ne se le fit pas répéter, et quand Zéma lui ouvrit la porte, il disparut dans le corridor; le bruit de ses pas saccadés indiquait assez la rapidité de sa fuite.

— Que ne partez-vous, vous aussi? dit Xilta, redevenue furieuse.

— Je reste, parce que je veux encore t'humilier, femme dépravée!

A ce moment, comme si elle s'était vue perdue, elle se baisse, ramasse son poignard, se redresse et s'écrie:

— Homme rouge! tu n'es qu'un bourreau!

Elle s'élance sur lui le poignard à la main. Pour la deuxième fois, le pistolet la fait reculer.

— Les bourreaux! madame, sont faits pour exécuter la justice des hommes, et pour abréger la souffrance morale du condamné. Tandis que moi, je suis venu, non pas pour apaiser

votre douleur, mais au contraire pour l'irriter.
Et maintenant, en présence de ce témoin,
Zéma montrait Duras, dis-moi où est mon
fils? je le veux! parle!

Ne s'en étant jamais occupée, elle ne put
répondre; les forces lui manquèrent, elle s'af-
faissa, elle était évanouie.

— Ah! ah! dit Zéma, un cruel sourire sur
les lèvres, voilà donc ce que je voulais, la voir
là, à mes pieds; et cependant, suis-je plus
avancé qu'il y a une heure? Elle a souffert,
elle souffre, elle souffrira! Et moi?... n'ai-je
pas souffert! Est-ce que ne souffre pas!... Ne
souffrirai-je plus?... hélas!... je crois que je
ne suis pas au bout de mes peines et de mes
douleurs!... Quel est donc le Destin qui pousse
ou entraîne les uns sur la voie du bonheur,
les autres sur la pente fatale qui conduit au
malheur, à l'abime!

En voyant la baronne, étendue et sans mouvement, Jean ne put s'empêcher d'intervenir:

— Monsieur ne pense-t-il pas, dit-il, que
madame peut étouffer, surtout dans l'état de
surexcitation où elle se trouve?

— Vous avez raison, mon ami, soyez meilleur pour elle qu'elle ne l'a été pour son fils.
Puis, comme s'il eût été fâché d'avoir dit cette
parole, il ajouta: Cependant, la coquine ne le

mériterait pas... enfin !... Maintenant, une recommandation pour vous : Ne parlez jamais à qui que ce soit de ce qui s'est passé ici, ce soir, au sujet de cet enfant.

— Je vous le jure ! répondit Jean.

— Eh bien, adieu !...

Zéma sortit, laissant à Duras le soin de faire revenir la baronne à elle-même.

Onze heures sonnaient à l'église Saint-Seurin quand Zéma rejoignit, au coin de la rue Mondenart, la voiture qui l'avait accompagnée : il avait chargé le cocher de l'attendre, et pour être plus sûr de celui-ci, il lui avait payé deux heures d'attente et il lui avait promis un bon pourboire.

Donc, quand il retourna, il le trouva assis sur son siège, il était assoupi ; le lecteur ne trouvera pas cela étonnant, car c'est une époque de l'année où les cochers passent les trois quarts des nuits dehors.

— Dormons-nous, cria Zéma.

— Non, non, notre bourgeois, répondit-il, aussi vite descendu à terre qu'éveillé.

Zéma monta.

— Au quai, par les allées d'Orléans, dit-il, pressez !

Aussitôt la voiture s'ébranla ; un instant après elle s'arrêtait à l'endroit indiqué.

Le cocher ouvrit la portière, mais quelle ne fut pas sa surprise, quand il vit que son voyageur était démasqué et vêtu en bourgeois.

— Ah ça! fit-il, est-ce que j'ai la berlue? Il me semblait que notre bourgeois était déguisé quand il est monté?

— Vous ne vous trompez pas; seulement j'ai laissé mon costume en route : je vous en fais cadeau. Et tirant de sa poche un louis, il le mit dans la main du cocher : voilà votre pourboire, lui dit-il en s'éloignant.

— Merci! notre bourgeois; répondit le cocher, en regardant la pièce à la lueur d'un bec de gaz, puis il ajouta : A la bonne heure, voilà des hommes comme je les aime; au moins ça paye bien!...

Zéma s'était rendu à la cale, le capitaine n'avait rien oublié : une chaloupe montée par six hommes attendait dans l'endroit convenu. Zéma sauta lestement à bord et l'embarcation glissa rapidement sur le fleuve, à la suite du bateau qui l'attendait. Parfois Zéma se ployait avec force, ce qui ajoutait encore à l'impulsion donnée à la chaloupe par le mouvement des rameurs.

Que le temps que l'on mit pour atteindre le vapeur lui parut long! Enfin, son impatience finit. Il aperçoit à une faible distance deux feux, un rouge et un vert, il les reconnaît.

Le bateau était un petit paquebot de six cents tonneaux, la machine était à hélice, il n'avait à son bord que la quantité de charbon nécessaire pour effectuer le voyage qu'il avait entrepris ; de cette façon il se trouvait au lest, ce qui lui rendait la marche plus facile et plus prompte.

On arrive : l'échelle se balance sur le flanc du bateau ; Zéma la saisit et monte sur le pont.

— Eh bien ? dit-il en apercevant le capitaine, qui l'attendait.

— Senor, comme je vous l'avais dit, tout a été pour le mieux, répondit celui-ci d'un air satisfait ; puis il ajouta : Quand la jeune fille est arrivée ici elle était complètement évanouie, même je crois pouvoir vous affirmer qu'il lui serait impossible de dire par où elle est passée.

— Il n'y a rien eu à débrouiller avec la douane ?

— Tout a été au mieux possible, répondit le capitaine.

— Enfin, maintenant, je puis dire que j'ai tenu ma promesse à son père ; mais je puis dire aussi que j'ai dit ce que je pensais à cette misérable !...

A ce moment la grosse voix du maître d'équipage se fit entendre :

— Allons ! mille sabords ! déhalez-moi prestement cette chaloupe. Et lui-même mettant la main à l'œuvre, dans une seconde la chaloupe fut hissée sur le pont et à bloc.

Aussitôt l'*Artézia* se mit en marche et descendit le fleuve, formant à sa proue un sillage argenté.

VI

UN PACTE INFERNAL

Un silence profond régnait dans l'appartement qui venait d'être le théâtre d'une révélation, la révélation d'un grand crime.

Xilta, étendue sur le parquet, ressemblait à une morte, tellement elle était blême ; sa longue chevelure éparse, ses paupières fermées, faisaient ressortir le noir de ses cils épais. Dans sa colère elle avait ouvert les manches de son corsage ; elle montrait ses bras d'une blancheur éclatante et d'une forme si belle que Benvenuto ou Praxitèle en eussent été jaloux.

A côté d'elle est Jean Duras, un genou à terre ; il tient d'une main un flacon d'éther, dont il lui fait respirer la forte odeur ; de l'autre, un mouchoir imprégné de vinaigre ; il en frotte tantôt ses tempes, tantôt ses mains. La baronne est toujours immobile. Enfin, après un instant, elle ouvre les yeux. Elle fait un mouvement. On eût dit qu'elle sortait d'un long sommeil léthargique. Elle voulut lever la tête, mais elle était trop engourdie, trop lourde, elle retomba dans sa première position.

— Où suis-je ? murmura-t-elle.

Son regard cherchait à dévisager quelque chose, mais elle ne put rien voir, pas même le vieux serviteur qui, debout devant elle, la regardait agir. Celui-ci continua de lui faire sentir l'éther. Quand le remède eut produit son effet, elle se leva, soutenue par Jean, qui la conduisit près de la fenêtre, qu'il avait eu la bonne précaution d'ouvrir un instant auparavant. Là, elle parût respirer un peu plus librement.

— Ah ! mon Dieu, s'exclama-t-elle... je me souviens, on m'a volé ma fille !... je n'ai plus personne... personne... personne.

Parlant ainsi, la baronne roulait dans leur orbite ses yeux injectés de sang ; ensuite elle réfléchit, puis, peu à peu, ses paupières devinrent humides, elle pleura.

Cette sorte de crise durait depuis un moment, quand tout à coup, se frappant le front, elle se

leva avec une nouvelle énergie empreinte sur
son visage :

— Eh bien, oui ! je suis coupable, mais si
je suis coupable, dit-elle en s'adressant à Jean,
celui que tu as vu ici ce soir l'est aussi : il m'a-
vait trompée, après cela il prit la fuite, je
restai seule, abandonnée à ma douleur ; je
voyais venir la honte, sans pouvoir me confier
à personne; le moment terrible arrivait, quand
cet homme, ce Benito que tu connais, s'en
aperçut et me promit de me sauver, hélas !
à quel prix !... Malheureusement j'eus la
triste idée de l'écouter, et au lieu de me confier
à ma famille, qui ne m'aurait peut-être pas sauvée de la honte, mais qui, du moins, m'aurait, j'en suis sûre, épargné un remords éternel,
eh bien ! je n'eus pas le courage de le dire,
et j'obéis à cet homme qui me conseilla de faire
un crime. Oui, je l'en accuse, c'est lui qui me
poussa à accomplir cet acte barbare.

Ce misérable, que j'abhorre à l'heure qu'il
est, est bien plus criminel que moi; le lâche
l'est deux fois. Après avoir été mon amant,
ce que je ne devrais pas dire, il m'abandonna.
Quand il apprit mon mariage avec le baron
Du Platin, il revint, et, semblable à un reptile,
il rampa et pénétra chez nous; je le chassais
par une porte, il rentrait par l'autre. Enfin, je

ne savais plus à quel saint me vouer pour me tirer d'embarras, quand, un beau jour, le baron, qui probablement nous épiait, nous trouve à converser ensemble. Il s'approche, saisit Benito et lui fait, je ne sais avec quel instrument, une marque à la figure ; ensuite il revient vers moi, et il me flétrit de la même manière... Enfin, il me planta là, me laissant peu de chose pour vivre et pour élever mon enfant. Tu sais si ce que dis est vrai, toi qui ne m'as pas abandonnée depuis le départ du baron... Elle respira et reprit :

Quand la lettre dont il a été question tout à l'heure m'arriva, il était trop tard, j'étais bourreau... j'étais victime. Aussi, après tout cela, je vois qu'aujourd'hui la vie pour moi n'est plus qu'un fardeau, je voudrais mourir, mais, auparavant, je voudrais me venger. Ah ! mon ami, c'est à cette vengeance, non seulement sur Benito, mais sur celui qui cette nuit m'a humilié après m'avoir enlevé ma fille, et en qui j'avais placé tout mon espoir dans l'avenir...

— Madame, calmez-vous et croyez-moi, laissons à Dieu le soin de nous venger, celui qui fait le mal, un jour ou l'autre, reçoit le châtiment qu'il mérite.

— Peut-être as-tu raison, mais en ce moment je ne sais quel démon de l'enfer a pris place dans mon âme.

— Ne vous montez pas la tête, madame, tenez, croyez-moi, passez dans votre chambre.

La baronne obéit. A ce moment trois heures sonnaient à la pendule du salon. Xilta s'assit dans un fauteuil. Après avoir longtemps réfléchi le sommeil la prit.

Duras, lui, reposait dans une chaise, et, fatigué qu'il était d'une nuit semblable, il s'assoupit à son tour.

La lumière s'était éteinte d'elle-même. Le jour commençait à filtrer à travers les persiennes, quand la baronne s'éveilla en sursaut :

— Oh ! à moi ! au secours !...

Duras, réveillé par ces cris, fit un saut sur sa chaise.

— Grand Dieu ! dit-il, qu'avez-vous, madame ?

— Ah ! respira-t-elle... un cauchemar affreux m'étouffait, devant moi était un homme dont les manches de la chemise étaient retroussées, il avait les bras rouges, rouges comme trempés dans le sang, et jetait ensuite de côté l'enfant, qui disparut aussitôt ; puis, il s'élança vers moi en ouvrant de larges mains comme s'il eût voulu me saisir à la gorge et m'étran-

gler, j'ai eu peur, je me suis éveillée, et j'ai
crié... j'en tremble encore... Oh ! quelle nuit,
quelle triste nuit, mon pauvre Jean.

— C'est vrai, madame, répondit Duras.

— Et à tout ça, que faire ?

— Se venger ! fit une voix qui sortait du
corridor. Duras et la baronne tressaillirent ;
puis, tournant leurs regards vers la porte, ils
virent Benito. On sait que celui-ci pouvait rentrer et sortir de la maison quand bon lui semblait ; il était pâle et défait. La crainte d'être
livré par Zéma aux mains de la justice agissait
déjà sur lui.

Il n'y a pire qu'un assassin pour trembler
devant le bourreau.

Duras alla ouvrir les fenêtres. A ce moment
on frappa à la porte de la maison.

— La laitière, fit celui-ci en sortant de la
chambre pour aller vers elle.

Benito et la baronne restèrent seuls. Il y eut
un moment de silence, on eut dit que ni l'un
ni l'autre n'osait parler. Ils se regardaient attentivement et semblaient chercher à deviner
leurs pensées.

Ce fut Benito qui prit la parole le premier.

— Nous sommes bien seuls, dit-il ?

En homme prudent il ferma la porte de la
chambre à clef. La baronne le regardait avec

un mélange de curiosité ; puis il prit une chaise et s'assit devant elle.

— Voyons, maintenant, continua-t-il, causons. Il est bien entendu que votre crime est découvert ?

La baronne se redressa :

— Mon crime ! dit-elle ; n'est-ce pas vous qui m'avez poussée à l'accomplir ?... Du reste, vous le savez bien et vous ne devez pas avoir oublié le jour où vous m'avez conduite chez la nourrice pour lui payer un mois de garde. Vous n'oubliez pas non plus qu'il vous fallait un prétexte et que vous dîtes à la pauvre femme, qui pleurait, que nous partions pour Marseille, où vous alliez, soi-disant, occuper une place importante.

— Bon, bon, bon, ne nous fâchons pas ; tu comprends que ce n'est pas le moment, et nos affaires n'en iraient pas mieux ; d'autant plus que nous sommes compromis tous les deux dans celle-ci. Au fait, je ne suis point revenu ici pour ça ; j'y suis venu, après toutefois m'être assuré que cet intrus était bien parti, car cette nuit, en sortant d'ici, je suis allé me poster au coin de la rue Mondenard, et je l'ai vu déguerpir rapidement, Dieu merci ! Je disais donc que j'étais revenu pour t'expliquer le plan que je me suis tracé.

— Un plan ! interrogea la baronne ; est-ce encore un crime ?

— Crime, si tu veux ; mais, cette fois, c'est moi seul qui l'accomplirai. Voici, comme je te l'ai dit en entrant ici : j'ai formé le projet de me venger de cet homme, dont l'audace est on ne peut plus grande. Maintenant, nous n'avons plus d'espoir de nous saisir de la fortune du baron, puisque votre fille a disparu. Cependant, quelque chose me dit que le baron n'est pas étranger à ce qui s'est passé cette nuit ; vous pouvez me croire.

— Vous croyez cela ?

— J'en suis presque sûr.

— Oh ! se pourrait-il !... Enfin, Benito, que pensez-vous faire ?

— Tuer l'homme qui nous tient à sa merci.

— Pour cela, il faudrait savoir où le prendre.

— Au Brésil !... Je gagerais de le trouver là, et comme c'est un pays de grande chasse, il serait bien étonnant qu'il ne fît pas comme les autres. Du reste, là où ailleurs, si je le trouve, il faudra qu'il y passe : aujourd'hui, la vie pour nous n'est plus possible, ce démon de Lancy sait où nous sommes, il nous poursuivra et nous apparaîtra sans cesse ; donc, pour éviter ces dangers, je vous jure que je le tuerai !

— A la bonne heure ! au moins, quand on commet un crime, il faut à tout prix en effacer les traces, approuva la baronne, en lançant à Benito un regard dans lequel un œil expérimenté aurait interprété ces pensées : « Haine et vengeance ».

— Mais, reprit tout bas Benito, il ne faut pas que Jean s'aperçoive de notre complot, même je te conseillerai, ma chérie, puisque maintenant tu es seule et que tu peux fort bien te passer de lui, de le prier de chercher ailleurs un emploi quelconque, tu comprends que nous serions beaucoup plus libres pour causer.

— Vous avez deviné ma pensée, Benito, répondit-elle en frémissant.

Etait-ce la fatigue d'une mauvaise nuit, ou bien le désir de se venger, c'est ce que nous verrons plus loin.

— Ce matin, je lui annoncerai son départ, continua-t-elle.

— Très bien ! Maintenant, il ne me reste plus qu'à me retirer. Et prenant la main de la baronne, il la serra en disant : Il est bien entendu que nous jurons ensemble de nous venger ?

— Je jure ! dit la baronne, de me venger de l'auteur de mon crime.

Benito ne saisit pas le sens de ces paroles ; il comprit qu'elles s'adressaient à Lancy. Ce fut donc avec joie qu'il sortit, dans l'espoir de pouvoir, une seconde fois, tremper sa main dans le sang.

La baronne, restée seule, se leva en murmurant :

— Cette fois-ci, mon tour est venu ; Benito, je te tiens.

A ce moment, Jean rentra.

— Mon pauvre Duras, lui dit-elle, après tout ce qui vient de se passer, tu peux voir comme moi que je n'ai plus besoin de domestique. C'est avec peine, mais pourtant il faut en venir à te dire de chercher un autre emploi ailleurs, tu partiras quand tu voudras. Je voudrais aussi te demander autre chose, ce serait de garder le plus profond secret sur tout ce qui s'est passé chez nous. J'ose espérer que tu seras discret, ne serait-ce que pour la pauvre Rachel, que tu as élevée.

Une larme dans ce moment brilla sur les yeux de la baronne.

— N'ayez crainte, madame, dit Jean, heureux de trouver cette occasion pour partir, je m'en vais à l'instant.

— Je ne te force pas de partir de suite.

— Merci, madame ; vous êtes bien bonne, répondit Duras. Mais partir pour partir, j'aime autant que ce soit de suite.

— Comme tu voudras, fit la baronne.

Il s'occupa donc de faire ses malles. Une heure après une voiture l'attendait à la porte. Duras salua la baronne, et monta dans le coupé en donnant cette adresse :

— A la grande poste !

VII

TROIS AMIS

La rue de la Vieille-Tour, comme générale-
ment toutes les rues anciennes de Bordeaux,
est petite, étroite et tortueuse, ce qui est tout
le contraire de nos voies modernes, que l'ar-
chitecte trace le plus largement possible, avec
juste raison, pour contribuer beaucoup à l'état
sanitaire du pays. Cette rue aboutit d'un
côté au cours de l'Intendance, de l'autre à la
rue Porte-Dijau; quand on entre par celle-ci
et qu'on est à mi-chemin, on a à sa gauche une
maison à deux étages; pour arriver à la porte
d'entrée, on monte trois marches en pierre.
On y lit sur un tableau en bois, accroché au
mur: « Chambre garnie à louer. »

C'est devant cet immeuble que la voiture où se trouvait Duras s'arrêta. Celui-ci descendit et entra dans la maison que nous venons de décrire ; il suivit un petit corridor, monta un escalier qui le conduisit au premier étage ; là, il tourna la poignée d'une porte qui portait le numéro quatre et il entra dans une chambre ou plutôt dans un atelier de peinture. Çà et là étaient des planches couvertes de peintures de couleurs différentes ; près de la fenêtre on voyait deux chevalets garnis de toiles sur lesquelles étaient ébauchés des paysages. A gauche, en entrant, on avait une cheminée dont les deux extrémités du manteau étaient surmontées de deux statues grotesques en plâtre ; au-dessus, collée sur le fond en guise de trumeau, était une toile représentant Vénus endormie à l'ombre d'un gros frêne ; l'Amour tenait de la main gauche son arc et sa flèche, tandis que sa main droite saisissait un des longs rameaux de l'arbre. Ainsi, il semblait, en se balançant, vouloir descendre doucement pour se glisser ensuite auprès du plus beau modèle du créateur.

Un bon feu pétillait dans la cheminée. Devant, assis sur un tabouret, un jeune homme se chauffait et semblait à l'aise.

Au bruit que fit la porte en s'ouvrant il se
retourna :

— Tiens ! c'est vous, Duras, dit-il en se levant
pour aller au-devant du visiteur : votre présence ici me cause un véritable plaisir et j'espère bien que cela va contribuer à mettre
Henry de bonne humeur. Ce ne sera pas de
trop... Imaginez-vous qu'il est entré ainsi
vers minuit, il était d'une tristesse si grande
que tout-à-coup je dus penser que mademoiselle Rachel était morte...

Celui qui parlait ainsi avait vingt ans, il était
grand, brun ; une fine moustache dominait sa
lèvre supérieure ; en somme, c'était un beau
garçon, dont le regard franc finissait de com-
pléter la figure distinguée.

— Elle n'est pas morte, monsieur Moïse ! mais,
si je ne me trompe, je crois bien qu'il peut lui
avoir dit adieu pour longtemps, répondit
Duras en prenant un tabouret pour s'asseoir.

— Vous plaisantez ?

— Du tout.

— Probablement que la mère se sera aperçue des allées et des venues d'Henry, et pour y
couper court elle aura fait partir sa fille ?

— Ce n'est pas ça non plus.

— Dame !... je ne vois plus rien,... à moins
qu'elle ne soit partie volontairement ?

— Hélas ! fit avec compassion Duras, elle a été enlevée sous nos yeux, et enlevée de vive force.

— Ah ça ! fit Moïse étonné, nous ne sommes cependant plus aux temps de la féodalité ?

A ce moment, une porte placée dans la membrure et située en face de la cheminée s'ouvrit, et un jeune homme parut :

— Enfin, que s'est-il donc passé et qu'avez-vous voulu me dire, hier soir ? questionna avec empressement celui-ci.

— Mon bon monsieur Henry, j'en suis encore à me demander si je n'ai pas rêvé ou si plutôt je ne suis pas devenu fou.

— Voyons, contez-nous vite cela, demanda Moïse.

Jean Duras s'empressa de raconter avec soin tout ce qui s'était passé pendant la nuit; quand il eut achevé, un moment de silence régna : on eût dit que chacun cherchait l'énigme de cette aventure.

Ce fut Henry qui, debout, le coude appuyé sur la cheminée, le rompit.

— Que faire maintenant ? soupira-t-il.

— Mais, mon ami, il ne faut pas se décourager, attendez !... je me ressouviens qu'avant de me laisser, l'homme masqué s'est approché de moi et qu'il m'a dit d'aller à la poste récla-

mer une lettre chargée à mon adresse. Puis il
a ajouté : « C'est la récompense que le père de
Mademoiselle Du Platin vous envoie. » Donc,
le jour venu, je me suis transporté à la poste,
où l'on me donna la lettre, que j'ouvris aussitôt. Mais grande fut ma surprise de voir qu'elle
ne contenait que des billets de Banque, et pas
une seule ligne d'écriture; seulement, en observant le cachet, j'ai pu déchiffrer le nom
de Rio-de-Janeiro ; or donc, si, comme je le
suppose, c'est son père qui l'enlève, nous devons la retrouver. Il y a quelque temps j'ai
surpris un secret que la baronne croit que
j'ignore : l'individu qui est toujours avec elle,
et qui a tout employé pour obtenir des nouvelles du baron, est enfin parvenu, par l'inter-
médiaire de je ne sais qui, à savoir qu'il habitait à Rio-de-Janeiro. Donc, tout porte à croire
que son domicile est là ou dans les environs,
et, tenez, je ne sais pourquoi, mais quelque
chose me dit que Mademoiselle Rachel est
dans cette ville.

— En admettant qu'elle y fût, ce serait assez difficile de la retrouver ; d'autant plus que
Rio-de-Janeiro est une ville d'au moins deux
cent cinquante mille âmes, répondit Moïse.
Puis il ajouta en regardant Henry : Pourtant,
mon vieux camarade, je ne voudrais pas te dé-

courager et je serais enchanté de te voir retrouver celle qui occupe ta pensée.....

Depuis un instant Jean Duras était devenu
plus pensif :

— Tenez, mes amis, dit-il, un projet vient
de me passer par la tête.

— Lequel ? demanda Henry avec curiosité.

— Eh bien! maintenant, advienne que pourra;
je pars pour Rio-de-Janeiro et je vais m'embarquer dans le premier paquebot qui fera
route pour le Brésil.

— Serait-ce possible ! fit Henry surpris.

— Dame, que voulez-vous qui m'en empêche ?... A coup sûr ce ne sera pas ma famille,
je n'en ai pas. Tenez, mes amis, maintenant, à
la veille de vous laisser, (peut-être ne nous re-
verrons-nous plus), je tiens à vous faire savoir
qui je suis : Je dois vous dire d'abord que je
n'ai jamais connu ma mère et encore moins
mon père ; né orphelin, je fus élevé dans un
hospice de Marseille où je suis resté juqu'à
l'âge de douze ans. A cette époque de ma vie
un curé, un bien digne homme, celui-là, vint
aux enfants-trouvés, où j'étais ; il me regarda
et prétendit que j'avais l'air intelligent, je lui
convins sans doute, car il résolut de me faire
sortir de cette maison et de m'emmener avec

lui à sa campagne : ce qu'il fit. Alors le bonhomme ne savait pas à qui il avait affaire. Il
prit une peine de tous les diables à dégrossir
mon raisonnement, et, entre toutes choses, à
me surveiller ; c'était lui qui m'apprenait à
lire ; et je dois avouer que je faisais ce qu'on
appelle des progrès ; cela dura deux années.
A ce moment, j'atteignais mes quatorze ans.
Mais, voilà qu'un jour il passe dans notre endroit une bande de saltimbanques, sauteurs de
cordes, enfin, des vauriens, car c'est le nom qui
convient le mieux à ceux-là, puisqu'ils m'a-
vaient détourné de cette vie où j'étais si heureux. Dans cette occasion j'eus affaire à de
fins limiers, je vous l'assure, car ces gredins,
pour ne pas qu'on les découvrît, avaient trouvé
le moyen de m'engager à lever le pied deux
jours avant eux, ce que je fis ; je me croyais
déjà loin ; je pensais, tellement j'avais marché
vite, avoir fait vingt lieues. Je me disais papa
curé peut allonger les jambes, c'est bien fini
maintenant ; il ne me rattrapera plus, je me
disais cela comme si le pauvre homme m'avait
maltraité ou bien qu'il m'eût chargé de misère : pourtant il ne m'avait fait que du bien ;
mais il y a dans la vie de ces jours où le cœur
est ingrat.

A ce moment j'atteignais la ville de Carpen-

tras, sans m'apercevoir que depuis un instant un monsieur m'observait; je n'avais pas
fait cent mètres dans la ville, qu'il s'approcha
de moi et me dit:

— « Vos papiers, mon garçon ? »

J'allais lui répliquer, quand il ajouta :

— « Allons, mon petit, ne fais pas le méchant,
cela ne vaut rien, suis-moi ? »

Je refusai; alors il me montra une écharpe
bariolée :

— Qu'est-ce que cela me fait, à moi, votre
cravate ? lui dis-je ; vous pouvez vous la mettre
autour du cou si vous voulez, je n'ai rien à voir
là-dedans. Mais, au lieu de me répondre, il fit
signe à un agent de ville qui me força à le suivre au bureau municipal. Là, on m'interrogea,
j'avouai toute la vérité ; je commençais à avoir
peur, je vous en réponds.

Moïse ne put retenir un éclat de rire.

— Ensuite, continua Jean, le commissaire
dit à un agent : « Allez, procurez-vous une
voiture et qu'on m'emmène ce mauvais sujet ! »
Oh! pour le coup, je crus qu'on allait me fusiller,
surtout lorsqu'au moment de sortir le commissaire ajouta : « Sergent Lapincette, vous
n'oubliez pas vos pistolets ! »

— Les voici, mon commissaire, répondit-il
en montrant un énorme pistolet qui devait

dater du temps des Romains.

Vous dire comme les oreilles me brûlaient, c'est incroyable. Enfin, je monte dans la voiture, le sergent se met à mes côtés, et nous filons sans savoir où j'allais. Après cinq heures de roulement, j'arrive tout transit chez mon protecteur ; je ne saurais vous dire avec quel plaisir je vis la voiture repartir sans moi. Ce fut donc après cette escapade qu'on me plaça à Bordeaux chez un ami de mon protecteur, avec recommandation de me corriger, chose que mon nouveau maître n'a pas manqué de faire. Quelques années après mon arrivée chez lui il mourut, laissant un fils qui voulut bien me garder à son service.

Un certain temps s'écoula, puis ce jeune homme s'amouracha de cette méchante femme que vous connaissez, et qui le rendit le plus malheureux des hommes. Je ne sais si c'est à cause de cela, mais je m'étais attaché à lui comme si c'était mon frère, chose dont il s'aperçut ; aussi, avant son départ, il écrivit à Marseille pour obtenir quelques renseignements nouveaux sur mon compte, mais il n'apprit rien. Alors je fus forcé de reconnaître qu'entre un bâtard et moi il n'y avait pas de différence. Voilà, mes amis, ma vie jusqu'à ce jour. Ainsi, vous pouvez croire que je partirai sans regretter ma famille,

Maitre Jean Duras, vous ne partirez pas seul ;
je veux vous suivre. Or donc, vous venez de
nous dire qui vous êtes ; permettez-moi de
vous dire à mon tour qui je suis, fit Henry.

— Ma mère se nommait Julienne. Elle était
belle et bonne ; fille d'un honnête cultivateur.
Un jour, vinrent à la maison, chez mon grand-
père, plusieurs jeunes messieurs ; ils lui deman-
dèrent de les conduire dans la forêt pour y faire
une partie de chasse. Mon grand-père était
d'une pauvre famille, par conséquent il ne demandait pas mieux que de gagner quelque argent. Tout joyeux il accepta, laissant sa fille
seule à la maison.

Mais en chemin la troupe s'aperçoit qu'un chasseur manque ; le malheureux, si je dois l'appeler
ainsi, n'était pas perdu. A peine entré dans le bois,
il avait rebroussé chemin et il était retourné à
la maison, prenant pour prétexte qu'il s'était
égaré. Le malheureux abusa d'une des choses
les plus respectables, il abusa de l'hospitalité.
Ce qui veut dire que, quelque temps après, je fis
mon apparition dans le monde terrestre.

Des années s'étaient écoulées, quand un jour
nous vîmes arriver monsieur Prentout, notaire
de mon père, qui, en nous apprenant sa mort,
nous fit connaître qu'il m'avait reconnu pour

son fils, et fait un testament en règle où il nous déclarait ses uniques héritiers. C'est ce qui m'a souvent fait dire, depuis, qu'à de semblables conditions bien des gens voudraient être bâtards ! Et, maintenant, puisque ma pauvre mère est morte, vous voyez, maître Duras, que je puis partir avec vous, et ne laisser personne en peine.

— Un instant, camarade ! tu n'es pas dans le vrai ; je ne ne peux pas être de ton avis, lui dit Moïse.

— Pourquoi cela ? fit Henry.

— Tu parles ainsi, toi, parce que tu as connu ta mère ; parce qu'elle t'a élevé de ses soins, tandis que moi je n'ai jamais pu dire « Ma mère, je t'aime ! » « ma mère », oui, ce seul mot, je ne l'ai jamais prononcé, et quand j'ai entendu une voix amie me dire : « Viens, mon fils ! » cela m'a fait passer un frisson dans tout le corps. C'est alors que j'ai compris que, malgré l'amitié et les bontés de mes parents adoptifs, malgré tant de générosités, j'ai senti dans mon cœur qu'il y avait loin du baiser qui vient d'une femme amie à celui qui vient d'une mère ; certes, Dieu sait si j'ai aimé ceux qui m'ont adopté, et si aujourd'hui je donnerais cinq ans de ma vie pour qu'ils vécussent encore, mais, hélas ! j'en donnerais bien dix pour connaître ma mère.

Quel bonheur ce serait peur moi, et quel
heureux jour, celui où je pourrais apprendre
son nom. Peut-être me cherche-t-elle; peut-
être moi-même ai-je frôlé en passant la robe
de cette femme si malheureuse et qui, dans un
moment de désespoir, a cherché à se défaire
de moi; enfin, Dieu lui pardonne! fit-il tristement.

— Il ne faut pas perdre courage, vous avez
une petite fortune, vous êtes un peintre distin·
gué, puisque vous vendez vos tableaux le prix
que vous voulez : il ne faut pas perdre espoir,
dit Duras.

— Cette fortune, qui me vient d'un homme
et d'une femme braves et loyaux, c'est vrai,
c'est très beau, très glorieux de la part de
ceux qui m'ont pris et élevé comme si j'étais
leur propre fils; mais, au-dessus de tous ces
dévouements il y a une chose que j'ai toujours
présente à mon esprit : c'est ma mère, ce sont
ces baisers qui ébranlent jusqu'à la plus petite
fibre de notre cœur; ces baisers, ces caresses,
ces reproches, ces craintes, tout cela je l'ai
reçu, mais tout cela ne venait pas de ma mère,
et combien ont tort ceux qui nous qualifient
avec dédain de ce titre de bâtard ! tous, autant
que nous sommes, nous ne méritons pas ce
nom qui nous blesse, parce qu'il nous rappelle

le passé de celle qui nous est chère, parce qu'il nous montre une fois de plus que nous sommes les victimes d'un lâche ! les victimes d'un misérable qui a abandonné sa proie après lui avoir arraché le cœur !

— N'as-tu jamais entendu parler de rien à ce sujet, interrompit Henry.

— Non; mais un soir, j'étais à l'Opéra, on jouait le *Trouvère*; j'étais assis au parterre, et à l'entr'acte je promenais mon regard de côté et d'autre, quand ma vue s'arrêta sur une femme qui se trouvait placée à la première galerie touchant la loge du préfet. Plus je la regardais, plus ses grands yeux noirs me fixaient. Un monsieur était assis à côté d'elle, et ce monsieur, qui lui parlait de temps à autre, portait une blessure à la joue.

Duras fit un mouvement.

— Je voyais bien qu'ils parlaient de moi, mais je me disais qu'on avait bien le droit de causer au théâtre. La dame portait de larges bandeaux, et à un moment donné elle passa la main sur son front; chose étrange, j'aperçus une cicatrice.

A ce moment, ce qui m'occupait le plus c'était le regard obstiné de cette femme; un instant, j'eus l'idée de m'approcher d'elle; mais la salle était comble, cela m'était impossible, j'en fus quitte pour la regarder pendant une partie des entr'actes. Elle pouvait avoir de trente-cinq à quarante ans, et son regard n'était pas celui d'une femme en quête d'une passion. Tout au contraire, son air devenait, à mesure qu'elle me fixait, plus triste, plus chagrin, et comme elle était vêtue de noir, je pensai que j'étais peut-être l'objet d'une ressemblance avec une personne qui lui avait été chère.

Mais, depuis ce temps, une idée m'est survenue et je me suis dit bien des fois : Peut-être que c'était ma mère! Hélas! si, ce soir-là, j'avais pu montrer ma poitrine nue à cette femme, si c'eût été ma mère, elle n'aurait pas pu s'empêcher de crier : Voilà mon fils !

— Qu'avez-vous donc? demanda Jean, qui, de plus en plus étonné, se voyait le porteur d'un terrible secret.

— Voyez, dit Moïse en ouvrant sa jabotière.

Alors on put voir sur sa poitrine l'empreinte d'un G et d'un X.

Ce fut à grand'peine que Jean Duras se contint. Le lecteur se rappelle l'aveu que Xilta avait fait à l'homme rouge ; alors il est facile de comprendre son étonnement en présence d'une coïncidence qui venait de lui livrer le fils de Xilta.

Cependant, l'amitié que Duras avait pour Rachel et le désir de la retrouver l'emportèrent sur tout ce qui vint se glisser dans son imagination.

La nuit précédente il avait entendu parler de son maître, mais il ne pouvait savoir où il habitait. Quant à la pauvre enfant il se disait :

— Maintenant où est-elle ? Peut-être entre des mains ennemies. Alors je dois donc la chercher et tâcher de la secourir. Et pensant ainsi, il se recueillit un instant, puis il reprit :

— Mes amis, puisqu'une pensée commune semble nous animer tous trois, jurons de faire notre possible pour trouver cette jeune fille.

— Nous le jurons ! dirent Moïse et Henry.

— Puisque le moment, continua Jean, de continuer nos recherches sur la terre étrangère est venu, que Dieu protège nos pas et favorise notre entreprise !

VIII

EN MER

Transportons-nous maintenant à bord du vapeur l'Artézia : il y a deux jours qu'il a passé sous l'équateur. Le soleil darde sur lui et sur l'immense mer ses rayons brûlants ; il semble au regard du spectateur voir miroiter sur ce fond liquide une quantité innombrable d'étoiles mobiles.

On a étendu des tentes sur le navire ; mais cette bonne précaution n'empêche pas l'accablante chaleur de se faire sentir. On vogue entre ciel et eau : pas un souffle de vent ne vient rafraîchir les figures hâlées des marins, si ce n'est le peu d'air produit par la vitesse du bateau. Parfois, dans le lointain, se dessine l'ombre d'une voile : quelquefois un damier, un pétrel ose se hasarder, il s'approche du bateau, mais aussitôt la vue de l'équipage, qui va et vient sur le pont, le force à s'éloigner.

Le capitaine, assis sur la dunette, une longue vue à la main, interroge l'horizon.

Maintenant, descendons dans l'intérieur du steamer. Entrons dans le salon.

Une jeune fille y est assise : Elle tient un mouchoir dans sa main gauche; le coude de son bras droit est appuyé sur une table en acajou, tandis que sa main semble soutenir son front. Sa taille est élancée, son regard fier, hautain ; ses sourcils ont le noir de l'ébène ; son nez est droit, sa bouche petite, son menton rond ; ajoutez deux fossettes, et vous aurez le portrait de ce visage qui, dans ce moment, semble fatigué par l'insomnie et miné d'ennuis.

A côté d'elle est une jeune mulâtre. A sa mise on la prendrait pour une servante, si ce n'était que sa figure distinguée la trahit. Elle porte un collier en perles fines auquel est attaché un diamant taillé en forme de cœur. Cette jeune personne paraît avoir seize à dix-sept ans ; le lecteur verra plus loin qui est cette jeune fille, aux yeux vifs, aux cils doux et soyeux, à la bouche moyenne et garnie d'une rangée de dents blanches comme du lait, au front

haut et aux cheveux ondulés, noirs comme
du jais. Elle paraît préoccupée de la tristesse
de sa compagne.

— Vous souffrez, mademoiselle Rachel ? lui
dit-elle, et aussitôt elle ajouta : Combien le
maître sera content quand il va vous voir ! Et
comme si elle ressentait le plaisir que celui
qu'elle venait de nommer pourrait avoir, elle
mit ses mains l'une dans l'autre et elle les
serra fortement.

— Pauvre Mouna, répondit Rachel, que vous
êtes bonne ! mais tant de bonté de votre part
ne saurait me faire oublier qu'il y a quinze
jours j'étais auprès de ma mère et qu'on est
venu m'en arracher pour me conduire, hélas !
qui sait où.

— Chez votre père, mademoiselle, répliqua
vivement Mouna... si vous saviez comme il
est bon !... vous aurez avec lui tout ce que
vous pourrez désirer.

— Mon père ! mon père ! soupira doucement
Rachel, c'est bien vague cela, à quoi pourrai-
je le connaître ?... je ne l'ai jamais vu, ne
me trompera-t-on pas... qui sait ?... enfin, je
suis probablement condamnée à souffrir ! Au
milieu de ce chagrin sa pensée se reporta vers
le passé : Pauvre Henry, murmura-t-elle tout
bas, que peux-tu penser de moi ? peut-être que

7

tu m'accuses, me maudis ! Mais non, c'est impossible ; et, se parlant à elle-même : impossible en effet, il m'aimait tant... et puis il aura
vu Jean, et celui-ci, j'en suis sûre, aura dû lui
dire... mais quoi lui dire ?... que je suis partie,
il l'aura bien vu ; et alors que pensera-t-il ? que
pensera-t-il ? que je l'ai trahi, que j'ai manqué
à ma parole... Oh ! c'est affreux ! affreux !...
affreux !

Mouna allait adresser des paroles de conso-
lation à sa maîtresse, quand des pas se firent
entendre dans l'escalier du salon et un homme
parut à la porte : c'était Zéma.

— Pardon, mademoiselle, dit-il, en s'avançant vers Rachel. Ces paroles furent accom-
pagnées d'un geste plein de respect et d'hu-
milité. Si je ne me trompe, je crois que, depuis
notre départ de Bordeaux, c'est la deuxième fois
que j'ai l'honneur de descendre et de me présenter devant vous : la première pour m'informer si vous aviez besoin de quelque chose et
pour vous dire que Mouna, votre humble servante, — avant de prononcer ce dernier mot
Zéma ne put s'empêcher de regarder la mulâtresse, comme s'il eût voulu lui demander son
assentiment, — était autorisée à vous servir le
mieux qu'il nous sera possible de le faire à
bord d'un paquebot.

— Je n'ai rien à demander ici ; et vous savez aussi bien que moi, monsieur, que les prisonniers ne commandent pas à leurs geôliers, répondit Rachel.

— Le mot est un peu dur, mademoiselle, et, je vous l'avoue, je m'attendais à trouver mieux, surtout après ce qu'on m'avait dit de vous. Enfin ! continua-t-il. La seconde visite que je viens vous faire est pour vous inviter à monter sur le pont, afin que vous puissiez voir ce que probablement vous n'avez jamais vu ; nous avons en vue une baleine extraordinaire ?

— Je n'y tiens pas, mousieur ; je vous répète qu'ici je n'ai pas le droit de demander quoi que ce soit, attendu que la première chose que je vous demanderais serait ma liberté, et comme je comprends que ce n'est pas dans votre intention, il faut que je reste forcément votre prisonnière. Je n'ai donc pas de volonté à émettre... Du reste, monsieur, je n'attends aucune faveur de votre part et je ne vous en demande pas ; tuez-moi, si vous voulez, je suis en votre pouvoir, mais vous ne pourrez pas m'empêcher de dire que vous avez agi comme le plus lâche des hommes. Que vous avais-je donc fait, pour m'arracher à ma demeure ?

— Ne m'accusez pas, mademoiselle ! ayez

pitié de moi ; il faut vous l'avouer : j'obéis !
je vous le répète : je ne fais qu'obéir.

— Vous obéissez ! mais, monsieur, vous ne
savez donc pas que celui qui exécute un crime
est aussi criminel que celui qui le commande ?

A mesure qu'elle parlait Rachel semblait
s'enhardir.

— Le crime n'est pas si grand, il me semble :
vous étiez chez votre mère, et je vous conduis
chez votre père.

— Qui me le prouvera ? dit Rachel dans le
doute, puis elle ajouta : Quand mon père a
abandonné sa famille, j'avais un an, et aujour-
d'hui j'en ai dix-neuf. Ah ! monsieur, vous
auriez bien mieux agi si vous m'aviez prévenue, alors j'aurais vu ce que j'avais à faire.

— La condition où se trouve votre père vis-
à-vis de votre mère l'a forcé de ne vous rien
dire de ses projets dans la crainte de les voir
échouer : c'est votre père lui-même qui me l'a
confié.

— Je ne vous crois pas, monsieur, et malgré moi je ne puis m'empêcher de vous répéter
que cette action est l'œuvre d'un lâche !

A ce moment Rachel lui jeta un regard si
dédaigneux que Zéma se sentit piqué au
cœur.

— Eh bien ! soit, mademoiselle, j'admets, si

vous le voulez, que je sois un lâche ! mais, ce qui me console un peu, c'est que votre père ne m'en dira pas autant, répondit Gustave, que la patience commençait à abandonner ; et ce fut avec précipitation qu'il se retira. Il monta sur le pont, laissant la jeune fille dans une profonde excitation.

Mouna, assise à un bout de table, avait, durant ce dialogue, observé Rachel.

— Elle parait assez courageuse, avait-elle pensé, mais quelle fierté, quel orgueil ! elle est à sa merci, et encore elle l'insulte. Ah ! pauvre Zéma !

Celui-ci trouva l'équipage en contemplation devant l'énorme cétacé ; l'animal semblait se laisser aller au gré des courants ; chaque fois qu'il fermait la gueule il lançait dans l'air, par ses évents, une masse d'eau qui retombait aussitôt, laissant planer après elle une épaisse brume.

A mesure que le vapeur s'éloignait de la baleine, car celle-ci allait dans un sens opposé, les marins montaient sur les haubans pour la mieux voir. Tout à coup, un cri effroyable retentit :

— Un homme à la mer !... C'est le mousse, dit un marin.

Puis, l'on entend un commandement :

— Stopp !

Le malheureux enfant avait glissé sur la lice.
En ce moment l'équipage du navire fut sublime : on eût été tenté de croire qu'il s'attendait à ce malheur : Tout le monde marche à la fois, les mous deviennent forts, les forts deviennent vifs, les vifs deviennent terribles !
Bouées de sauvetage, cages à poules, barils, tous les engins de sauvetage flottent maintenant sur l'eau.

Le bateau, qui marche à toute pression, ne peut s'arrêter tout d'un coup, il va grand air, ce qui le force à faire près d'un kilomètre avant d'être étale. Aussitôt une chaloupe est mise à la mer et six hommes rament dans la direction du sinistre. Mais le jeune mousse est déjà loin ; on le voit se balancer sur le sillon ondulant de la plaine jalouse, il ne veut pas mourir, il fait des efforts surhumains pour se tenir à la surface de l'eau ; cependant le moment fatal va sonner, il sent faiblir les forces qui l'animaient un instant avant,.. il disparait,.. revient encore sur l'eau, il veut disputer sa vie à la mort, et il la dispute courageusement. A ce moment il aperçoit à une faible distance un point noir, il se dirige vers lui ; peut-être est-ce une bouée de sauvetage ; peut-être aussi le malheureux ne va-t-il pas plutôt vers un de ces squales qu'on nomme requins, et dont l'Océan est peuplé ?... la fatigue le tourmente plus fort encore, il n'avance plus, cependant le point noir n'est plus qu'à une faible distance de lui. C'en est fait, pour la seconde fois les forces l'abandonnent, un grand vide semble se faire sous lui, il se sent attiré dans ces profondeurs où plus d'un courageux marin l'a devancé, il se voit perdu. Alors il pense à sa famille, à son vieux père, à sa pauvre mère, à ses frères qu'il ne reverra plus! toutcela lui traverse l'esprit, et tandis que sa pensée traverse l'espace, le pauvre enfant disparaît dans l'abîme.

Aussitôt le point noir le suit dans l'intérieur des flots. Après une seconde où l'anxiété et la stupeur règnent à bord du paquebot, on voit reparaître le point noir à la surface.

Durant ce court intervalle la chaloupe avait eu le temps d'avancer; mais quelle ne fut pas la surprise de l'équipage quand on vit un homme tenant le mousse d'une main, pendant qu'il nageait de l'autre. Cet homme était Zéma, qui venait de sauver le pauvre enfant au péril de sa vie.

L'équipage, après avoir recueilli le petit mousse, fut obligé de mettre Zéma dans la chaloupe, il était accablé de fatigue. Il était temps;

car déjà les voraces requins avaient senti la
chair humaine : on les voyait rôder à l'arrière
de la chaloupe, qui se rendait maintenant à la
rencontre du vapeur.

Le moment est venu de dire comment Zéma
se trouvait là. Il venait de monter sur le
pont, tout l'équipage était à tribord. Lui, que
la curiosité de la baleine n'attirait pas, car il
avait l'air préoccupé (ce mot de lâche qu'on
venait de lui adresser lui revenait à l'esprit),
il vit tomber, de l'endroit où il se trouvait, le
mousse à la mer, et pendant que tout le monde
se portait à tribord, il enjambait la lice à
babord, se jetait à l'eau, et nageait à la rencontre de l'enfant. Dans la cohue, personne ne
s'aperçut de son absence. Ce ne fut que quand
la chaloupe eut rejoint le pauvre mousse, qu'on
parut un peu plus rassuré sur le sort du pauvre marin, qu'on commença à se regarder, à se
questionner, et qu'alors, étonné de ne pas voir
Zéma, le capitaine le réclama; on chercha, à
gauche, à droite, dans les chambres. On appela, il était absent, chacun se posait cette
question : Où est-il ?

Rachel et Mouna, attirées par le branle-
bas de l'équipage, montèrent sur le pont.

En ce moment chacun commençait à devenir
de plus en plus inquiet sur le sort de Zéma.

— Pardon, monsieur, dit Rachel, après information, est-ce que monsieur Zéma ne serait pas à bord ?

Elle montrait du doigt la chaloupe. Déjà son regard était inquiet ; peut-être à ce moment eut-elle peur de se trouver seule en présence de tout l'équipage, dont celui qu'elle avait insulté était le chef. Elle commençait à regretter ses paroles hardies. « Que vais-je devenir ? » pensa-t-elle.

— Non, non, senora, répondit le capitaine, j'ai vu embarquer les hommes : il n'y était pas. Puis, comme pour mieux s'en assurer, il prit sa longue-vue et pointa la chaloupe. C'est curieux, fit-il, étonné ; je ne l'ai pas vu embarquer ?

— Monsieur Zéma serait-il à bord ? répéta Rachel.

— Oui, senora, c'est en effet ce qui m'étonne, car, je le répète, je ne l'ai pas vu embarquer ; je serais tenté de croire qu'il possède des ailes ; dans un autre endroit je dirais : Il a pu se jeter à l'eau et nager, mais ici c'est impossible, nous sommes entourés de requins, et, tenez, voyez, senora, ces dos arrondis, couleur d'ardoise, qui suivent la chaloupe.

— Quelle horreur, fit Rachel, en descendant

au salon, un peu plus rassurée qu'un instant auparavant.

La chaloupe atteignit le vapeur. Un des marins prit l'enfant dans ses bras et monta à l'échelle, tous l'imitèrent, après quoi on hissa la chaloupe à bord, et le vaisseau continua sa marche un moment suspendue.

L'enfant était encore tout étourdi; néanmoins, avec les soins qu'on lui prodigua, il fut facile de voir qu'il l'avait échappée belle.

Zéma, aussitôt monté à bord, descendit dans sa chambre pour changer de vêtements.

Pendant son absence, le capitaine questionna les hommes qui montaient la chaloupe. Ceux-ci lui apprirent ce que nous venons de raconter.

Mouna, qui était présente, alla aussitôt raconter ce trait courageux à Rachel.

Quand Zéma eut terminé sa toilette, il remonta sur le pont, où il fut l'objet d'une véritable admiration.

— Je vous félicite, senor, lui dit le capitaine; ils sont rares, les hommes comme vous. Je vous dirai même que vous avez été pas trop imprudent...

La présence de Mouna interrompit le capitaine :

— Mademoiselle Rachel demande à vous parler.

La mulâtresse s'adressait à Zéma. Puis elle ajouta :

— Recevez mes sincères compliments, monsieur, vous êtes un homme de cœur ; c'est ainsi qu'on doit agir.

— Merci, mademoiselle, vos bonnes paroles me touchent et je suis d'autant plus heureux qu'ici je puis reconnaître que vous êtes meilleure que votre sœur.

— Silence ! monsieur, vous savez que mon père a résolu de ne lui dire mon nom que quand elle m'aimerait,... je ne suis qu'une servante ; et, parlant ainsi, elle ouvrit de grands yeux ; un fin sourire effleura ses lèvres ; elle se retourna, et, suivie de Zéma, descendit au salon.

En voyant celui-ci, Rachel se leva :

— On vient de m'apprendre l'acte courageux que vous venez d'accomplir, c'est un dévouement rare, dit-elle aussi ; après avoir vu accomplir une semblable action, je ne vous le cache pas, j'ai eu un remords, et je vous ai fait demander pour vous dire de me pardonner.

Elle lui tendit la main, Zéma la prit et il s'inclina avec respect.

— D'après ce qui vient de se passer, continua Rachel, je vous accorde ma confiance, car, maintenant, j'ai la ferme conviction qu'un homme de cœur comme vous ne peut pas manquer à sa parole. C'est vous dire que je crois revoir bientôt mon père.

Lancy répondit à ce témoignage de confiance :

— Après des malheurs qui m'ont fait souffrir, qui m'ont vieilli avant l'âge, je ne saurais vous exprimer, mademoiselle, le bonheur que je ressens en pensant que je vais rendre à un ami, à un frère plutôt, une enfant qui sera sa joie et qui fera le bonheur de ses vieux jours.

Alors on vit briller une larme dans ses yeux ; cette larme fut suivie d'un soupir si expressif qu'on aurait pu le traduire ainsi :

— Moi aussi, j'aurais pu avoir le même bonheur!... et je n'ai rien ! rien !...

DEUXIEME PARTIE

IX

LA VILLA BRANTONY

Au sud de la ville de Rio-de-Janeiro, au pied du mont Carioca, se trouve une belle propriété un peu plus longue que large : elle est clôturée sur la façade par une grille en fer, à droite, à gauche et au fond par un mur en pierres de taille ; on y pénètre par une porte s'ouvrant à deux battants, placée au milieu de la grille. En face de cette porte se trouve une tonnelle de chèvre-feuille qui, en la suivant, conduit à une maison à deux étages. Celle-ci est située à vingt mètres environ de la grille. A droite de la tonnelle, dans l'encoignure formée par la grille et le mur, se trouve un berceau de jasmin ; le jardin est tracé en parterre de forme anglaise. On y remarque des dahlias de différentes couleurs, des anémones, des géraniums, des kanédies, dont les fleurs, d'un beau rouge, attirent les regards. Au milieu de ces compartiments se trouve un rond de verdure enfermé dans une bordure enroulée de joncs.

Le côté parallèle comporte la même distribution, la même symétrie ; seulement, le berceau est couvert de liserons tricolores au lieu de jasmin. Là, la hyacinthe, l'héliotrope et les œillets de toutes sortes sont enfermés dans des bordures de gazon vert. Çà et là, aux ronds points des allées, on a placé des bancs formés de bambous ; ceux-ci sont garantis du soleil par de hauts palmiers dont les longues feuilles projettent au loin, sur un large diamètre, leur ombrage rafraîchissant.

La maison, d'une architecture moderne, est bâtie de briques et de pierres de taille ; on y arrive en montant un perron composé de cinq marches ; le corridor, large de cinq pieds, est couvert de nattes finement tressées.

A droite, en entrant, on a une porte à deux battants qui s'ouvre sur un salon éclairé par deux fenêtres, il est richement meublé ; la tenture, d'un rouge velouté, encadrée dans de larges bandes de dorures, semble, par sa couleur sombre, préserver l'appartement de la forte chaleur. Au milieu de cette pièce on remarque une table ronde recouverte d'un beau tapis à franges d'or sur lequel on a placé, en forme

de couronne, des livres de différents auteurs ;
au milieu de la table on voit une quantité de
bijoux, tels que : bagues, bracelets, boucles
d'oreilles garnies de diamants de la plus belle
eau, riche collection qui eût fait envie à plus
d'une grande dame. Dans l'encoignure près de
la fenêtre est un piano. Au fond de cette pièce
est une porte qui s'ouvre sur une salle à manger, et après celle-ci viennent les cuisines.

Parallèle au salon, est un appartement ren-
fermant une bibliothèque : on y remarque, ac-
crochée au mur, une panoplie où se trouvent
appendues des armes de toutes sortes.

A la suite de la bibliothèque vient un large
escalier, puis la chambre à coucher du propriétaire. En marchant ainsi, on arrive à une porte
de sortie qui ouvre sur une aire de granit, au
milieu de laquelle se trouve un énorme marronnier qui fournit beaucoup d'ombrage.

De là, le regard rencontre une longue allée
d'orangers qui va aboutir à l'extrémité de la
propriété. Sur les côtés de l'allée on a placé
des bancs de distance en distance.

A gauche de l'aire, en face les cuisines, est une
cave ; sur le même côté, mais à toucher le mur
de clôture, est un petit logement habité par
quatre esclaves. A côté, sont des écuries. En
face sur le côté droit, est un horto (jardin po-

tager) : bananes, citrons, ananas, poires, et une
quantité de fruits divers, y viennent en abon-
dance ; le fond de la propriété est couvert de
bois de différentes essences.

Dans le mur qui clôt ce petit parc, au bout
de l'allée, est une porte qui communique au
dehors avec un sentier qui contourne la propriété et qui va sortir à deux cents mètres de l'église
de N. Senhora de Gloria (Dame de Gloire).

Au milieu de cette belle allée d'orangers on
voit aller et venir un homme en costume de
colon ; il est d'une belle taille, sa figure sans
barbe laisse à découvert des traits d'une régu-
larité parfaite et qu'un œil scrutateur aurait ré-
sumés ainsi : « douceur et bienveillance. » Il ne
parle pas ; cependant la vaillante pensée le tra-
vaille et semble l'occuper un peu. Tout à coup
sa rêverie est interrompue par l'arrivée de deux
personnages, deux nègres, un homme et une
femme.

— Brantony, fit celle-ci en accourant vers
le rêveur, voilà Mouna ! Mouna !

Ce nom devait être bien cher à la négresse,
car sa gaîté annonçait une grande joie.

Le noir s'approcha à son tour :

— Maître, dit-il, je viens d'apercevoir le vapeur : il est à une lieue, il sera bientôt au port.

En apprenant cette nouvelle, Brantony tres-

saillit ; il se remit vite, car il dit en regardant
le noir :

— Dis-moi, Lanos, Vestant est-il là ?

— Oui, maître.

— Va le trouver, vous attellerez la voiture ;
préviens-le qu'il ait à s'habiller de suite et
qu'il aille à l'omnibus attendre les voyageurs
sur le caés Plamengo (quai flamand), où ils
doivent descendre. Lanos s'éloigna.

— Qu'avez-vous, maître ? demanda la négresse, étonnée de ne pas voir sur son visage la
joie qu'elle-même ressentait à l'approche du
bateau.

— Je suis comme si j'avais peur ; ah ! fit-il
avec inquiétude, je ne peux pas savoir ce qui
m'attend, mais c'est un moment comme on
n'en a guère dans la vie, je ressens dans tout
mon être d'étranges sensations. Et comme si
les jambes allaient lui manquer il dit : Tiens,
laisse-moi m'asseoir.

Aussitôt Moune, qui était devant un banc, se
recula. Brantony s'assit.

La négresse a trente-trois ans à peine ; elle
est grande, svelte ; sur sa figure se reflète
une mâle énergie ; elle semble, bien que sa
couleur d'un noir foncé se soit un peu éclaircie
par le coupage de sa race, descendre des Ta-
krouriens ; son regard est doux et timide. Elle

est vêtue avec une sorte de coquetterie, et bien qu'elle soit esclave elle paraît avoir pris sur son maître une certaine autorité.

— Maître, lui dit-elle, vous ne pouvez rester ici ; les hyos (enfants) vont arriver, il faut vous faire beau, afin que celle qui ne vous connaît pas comprenne au premier abord qui vous êtes.

Brantony était redevenu pensif.

Interpellé ainsi par Moune, il répondit :

— Tu as raison, je ne sais pas pourquoi je reste ainsi inerte.

Il se leva et s'en alla, accompagné de Moune, qui, lui ayant passé son bras sous le sien, semblait heureuse.

X

PÈRE ET FILLE

Une heure après ce que nous venons de raconter, une voiture attelée de deux chevaux
traversait la grille et venait s'arrêter devant le
perron de la villa Brantony. Mandri était assis
à côté du cocher ; avant qu'ils ne fussent descendus de leur siège, la portière était ouverte
et Zéma, d'un air gracieux, offrait sa main à
Rachel :

— Permettez-moi, mademoiselle, lui dit-il,
de vous conduire dans cette maison qui, depuis
bien des années, malgré sa bruyante gaîté,
semblait rêver un bonheur plus complet; maintenant, je puis donc être assuré que votre présence saura augmenter la joie et faire le bonheur d'un ami que j'estime et qui est votre
père.

— Croyez, monsieur, que je ferai mon possible.

Rachel prononça ces paroles avec un accent qui, cependant, ne manquait pas d'inquiétude.

Moune, qui avait entendu le bruit des chevaux, était accourue pour saluer la nouvelle venue et pour embrasser en même temps sa chère Mouna.

Zéma, après avoir accompagné Rachel au salon, la laissa un instant en compagnie de Mouna. En sortant il rencontra Moune :

— Où est M. Brantony, lui demanda-t-il, étonné de ne pas l'avoir trouvé à son arrivée.

— Ah ! mon bon monsieur Zéma, répondit Moune, il est là-haut , à son bureau... je n'ai pas pu le décider à aller au-devant de vous... Il tremble que sa fille ne le méconnaisse.

— Bah ! bah ! fit Ziéma, il ne faut pas qu'il ait cette crainte ; et, tout en parlant, il monta l'escalier. Brantony était dans son bureau, il venait de se lever et il s'apprêtait à descendre quand il entra.

— Adieu ! se dirent-ils à la fois, et l'on vit ces deux hommes, dont la même femme avait empoisonné l'existence, s'embrasser comme l'auraient fait deux frères.

Un moment de silence accueillit cette reconnaissance.

Brantony le rompit :

— Après un si grand sacrifice de votre part,
sacrifice qui me procure tant d'émotion et qui,
hélas ! me rappelle le commencement de mes
malheurs, quelle récompense assez belle sera
digne de vous ?

— Mon cher Brantony, lui dit Zéma, ne parlez pas ainsi ; vous savez comme moi que
j'étais payé à l'avance ; et si, aujourd'hui, j'ai
une assez belle fortune, c'est à vos conseils, et
je puis le dire sans craindre d'être démenti,
c'est à la faveur de votre bourse que je le dois ;
ainsi donc, la plus belle récompense que je
puisse recevoir de vous, c'est de pouvoir dire
qu'aujourd'hui, demain, et toujours, je suis et
serai votre ami sincère et dévoué.

— Véritablement, pour accomplir une mission pareille, je ne pouvais m'adresser à un
cœur plus loyal que le vôtre.

Alors, comme pour mieux consolider leurs
affections l'un pour l'autre, les deux amis se
donnèrent une nouvelle poignée de main et
aussitôt ils descendirent au salon.

Rachel était assise sur un fauteuil. A côté
d'elle, Moune avait remplacé Mouna : celle-ci

8

était sortie ; en voyant entrer Zéma et Brantony, Rachel s'était levée.

— Permettez-moi, mademoiselle, lui dit Zéma, de vous présenter monsieur Brantony, votre père.

Cela dit, il se retira ; Moune le suivit.

En présence de sa fille, Brantony ne put comprimer plus longtemps son cœur, il s'approcha d'elle et la couvrit de baisers.

— Ma fille ! ma fille chérie ! s'écriait-il ; mais Rachel ne pouvait répondre, car l'effroi s'était emparé d'elle ; c'est à peine si elle eut la force de dire :

— Vous n'êtes pas mon père, c'est une trahison ?... il ne se nommait pas ainsi !

Zéma, soit dans le but de ne pas augmenter les craintes de Rachel, soit qu'il eût oublié de lui parler de l'incognito de son père, ne lui en avait rien dit ; qu'on juge par là quel effet fut produit sur elle quand elle l'entendit pour la première fois nommer Brantony.

— Tu as raison, ma fille, ce n'est pas le nom que je portais en France, puisqu'on m'appelait le baron Du Platin. Mais viens avec moi, tu vas voir ? ah !... oui, tu vas voir ... tu vas voir... Viens ! mais viens donc !

Rachel ne bougeait pas. Deux grosses larmes coulaient le long de ses joues devenues pâles.

Alors, reprit Brantony, puisque tu ne peux marcher, tu viendras quand même et tu verras la preuve convaincante que je suis bien le baron Du Platin... Malheureuse enfant ! iras-tu me renier maintenant, moi qui croyais faire ton bonheur en te rappelant près de moi !

Et, comme on l'aurait fait d'une enfant, il enleva sa fille dans ses bras, monta l'escalier et rentra dans son bureau. Là, il déposa Rachel dans un fauteuil ; il ouvrit un secrétaire dans lequel il prit une liasse de papiers, et les éparpilla sur la table.

A ce moment, Rachel jeta un coup d'œil sur ces preuves, qui attestaient qu'il était bien en effet le baron Du Platin. Après ce faible examen, elle regarda Brantony, mais elle ne lui adressa pas une parole de bonté.

— Est-ce qu'il y a, reprit-il, une seule personne en dehors d'un père pour faire un sacrifice semblable à celui que je viens de faire pour toi ?... non... il faut être père ; et si ce changement de nom t'étonne, bien que cela ne doive pas être, toi qui dois savoir aujourd'hui dans quelle misère j'ai vécu dans les premières années de mon mariage, c'est que je n'ai pas voulu qu'on sût où j'étais: je reconnaissais

mon existence empoisonnée, je sentais mon
cœur brisé, las, sous ce pénible fardeau qu'on
nomme la critique et que le monde, insensé,
se complaît à augmenter toujours. En somme,
j'avais honte de moi-même, je n'osais plus sortir, la douleur m'étouffait... il me semblait que
j'étais devenu le point de mire de toute la société : c'est alors que je pris le parti de fuir ;
fuir ! et te laisser entre les mains de cette
femme que je n'insulte pas parce qu'elle est
ta mère, mais que j'accuse d'avoir fait mon
malheur, devenait pour moi une nouvelle douleur, douleur que je bravais, comme tu vois.
Donc, je dis adieu à Duras, je le priai de
veiller sur toi, et je partis, non sans avoir laissé
de quoi aider ta mère à t'élever, car j'avais placé
une somme assez forte dont elle ne pouvait toucher que les intérêts. Tu le vois, il s'agissait pour
moi de vie ou de mort : je choisis la vie et je
vins cacher ma honte et ma douleur sur cette
terre étrangère. Ici tout n'est pas rose, et ce ne
fut qu'après bien des années d'un travail dur
et pénible, surtout pour moi qui n'étais pas
habitué à ce climat, que je réussis à amasser
une petite fortune qui s'est rapidement augmen-
tée. Maintenant, je puis dire que je suis à l'aise,
je suis riche même, et j'espère bien, s'il ne m'arrive aucun revers, pouvoir te faire une dot

assez convenable pour te marier avec un jeune homme de bonne famille et qui pourra te plaire.

Là, Brantony s'arrêta : il paraissait attendre une parole ; mais Rachel, à toutes ces explications, ne répondit que par le silence. Voyant cela, son père ramassa les actes qu'il venait de lui montrer, et avec dépit il les jeta sans précaution dans le secrétaire.

— Malheureusement, ajouta-t-il avec amertume, je vois... avec peine !... que la mère a prévenu la fille contre moi. Et dans cette patrie, que j'aime tant, il ne me reste rien, plus de famille, ni père, ni mère, ni enfant... j'y ai perdu jusqu'à mon honneur ! tout... tout... est englouti !.. Hélas ! mon Dieu,... que faire ? que faire ?...

En ce moment, tentant un dernier effort, Brantony dit :

— Faut-il donc, avec vous autres, que je subisse l'humiliation jusqu'au bout ; faut-il, encore une fois, que je boive à cette coupe où le breuvage amer ne tarit jamais ; faudra-t-il me voir rejeté de ma fille ! oh ! non, c'est impossible, et j'invoque le Dieu qui nous voit afin qu'il t'éclaire et qu'il te montre que je suis incapable de mentir ! dit-il en tombant aux genoux de sa fille.

Pauvre martyr de la vie humaine. Ah ! qu'il eût été heureux s'il eut, comme bien d'autres hommes, rencontré sur le chemin de la vie une de ces créatures qui ont sans cesse l'honneur présent à leurs yeux, et qui font le bonheur d'une famille entière.

Ce bonheur qu'il avait rêvé, il l'avait trouvé, mais trop tard. Son cœur était blessé. Cependant, il savait qu'il était aimé, et Moune, la négresse, son esclave et sa femme, adoucissait bien la blessure faite par la *femme blanche*, comme elle l'appelait.

Enfin, après avoir entendu cette longue énumération de malheurs et de désespoirs, Rachel sentit en elle quelque chose qui la poussait vers son père. Son caractère altier, irascible, sembla s'incliner devant tant de preuves. Et puis, peut-être, l'orgueil était-il là : être riche, dominer ses semblables, les commander, les brutaliser au besoin, est-ce que tout cela ne lui plairait pas. Ce fut avec cette triste idée, toujours triste quand elle n'est commandée que par l'ambition, qu'elle tendit ses deux mains à son père et qu'elle le releva.

Comme l'avait dit Zéma, il semblait à Bran·

tony que sa vie allait changer, c'est-à-dire qu'il n'aurait plus sa pensée ailleurs qu'au pays qu'il habitait. Peut-être le pauvre homme se trompait-il.

XI

JALOUSIE DE RACHEL

Brantony s'était trompé en effet, car, depuis le séjour de Rachel à la villa, il était changé du tout au tout : ce n'était plus cet esprit gai. En revoyant sa fille, il était, contrairement à ce qu'il aurait cru, devenu sombre, morose, et, avec cela, il semblait, malgré cette tristesse, vouloir arriver à un but quelconque.

Nous le retrouvons dans la bibliothèque. Il est assis près de la fenêtre ; à côté de lui, Moune, vêtue d'une robe de couleurs variées, espèce de lampas chinois, se tient debout, la main appuyée sur le dossier de la chaise ; c'est, malgré son costume original, une bien belle négresse ; elle contemple son maître, qui paraît absorbé par quelque pensée.

— Qu'avez-vous ? lui dit-elle.

— Ma bonne Moune, répondit Brantony, je
pensais à te donner un peu d'occupation.

— Parlez, maître.

— Il me semble t'avoir déjà dit que, la semaine prochaine, je donnais un bal, n'est-ce
pas ?

— Alors, vous voulez dire qu'il faudra préparer le salon ?

Pas du tout, je donne cette soirée à l'hôtel
des Princes. La place de N. Senhora de Gloria
n'est qu'à deux pas. Nous nous y rendrons,
ainsi que tous nos amis et connaissances. Notre
salon n'est pas assez spacieux pour contenir
cent ou cent cinquante personnes, et puis, tu
comprendras que, pour toi, ce serait beaucoup
trop de peine et de tracas. Seulement, il te
faudra préparer les chambres à coucher, car
mon ami Zéma viendra et probablement qu'il
amènera quelques amis de Bélem.

Peut-être qu'à force de donner des fêtes, cette petite sotte finira par nous aimer pour tout
de bon.

— Euh ! euh !

— Tu doutes, n'est-ce pas, Moune ?

— Un peu !

— Eh bien ! quand j'aurai épuisé toutes mes
bontés en vain, je la ferai repartir pour la
France. Je n'aurai pas, du moins, de reproches

à me faire... et changeant de question, il dit :
tu peux donc tout préparer ?

— Soyez tranquille, maître, tout sera prêt
pour le jour indiqué, répondit Moune.

Un coup de sonnette annonçant un visiteur
interrompit l'entretien.

On frappa à la porte de la bibliothèque.

Moune alla ouvrir.

— M. Bernardo, le directeur de l'Hôtel des
Princes, demande à parler au maître ? fit Carlin.

Moune se retourna comme pour demander
l'approbation de Brantony.

— Fais entrer, répondit celui-ci.

— Ah ! mon bon Bernardo, te voilà !

— Oui, monsieur Brantony, puisque vous
avez eu la bonté de me faire demander.

— Je vais te dire ce qui en est. Voyons, assieds-toi : il s'agirait d'un bal que je veux donner à mes amis et à mes connaissances, et
comme, probablement, j'ai plus de connaissances que de vrais amis, dit-il en souriant,
mon salon sera trop petit ; je voudrais donc te
demander s'il n'y aurait pas moyen d'avoir ta
grande salle, pour samedi, dans quinze jours ?

—Rien n'est plus facile, monsieur Brantony,
vous pourrez disposer de l'hôtel comme bon
vous semblera... au moins, veux-je dire, de

tous les appartements qui sont libres, car vous savez, monsieur, on a quelques voyageurs, et on ne peut pas les renvoyer, ça ferait du gâchis.

— Bien, bien ! je comprends cela. Maintenant tu auras à t'occuper de faire installer le tout pour le mieux. Je veux que personne n'ait rien à dire, autant que possible. Pour cela, il faut que rien ne manque.

— Soyez sans crainte, monsieur Brantony, je vous promets que vous serez satisfait, affirma Bernardo.

Je te préviens que personne n'entrera sans carte : prends bien tes mesures pour cela ; tu comprends que je connais l'audace de certains personnages, qui auraient bien le courage, sous un prétexte quelconque, de se faufiler parmi la foule, inconvénient que je veux éviter. Pourtant, si parmi les étrangers qui seront logés dans ton établissement, tu en trouvais qui désirassent passer la soirée au bal, je te donnerais quelques cartes : mais, avant de les délivrer, pas besoin n'est de te dire de bien examiner ceux à qui tu pourras les remettre.

— Merci bien, monsieur Brantony, vous serez bien servi.

— C'est convenu : tu m'as compris, n'est-ce pas ?

— Oui, oui, monsieur, vous pouvez compter

sur moi, le service sera fait d'une façon gran-
diose.

Moune, qui aussitôt l'arrivée de Bernardo
était sortie, rentra. Celui-ci, n'ayant plus rien
à faire, se leva et sortit. Brantony, tout en con-
versant de choses et d'autres, l'accompagna
jusqu'à la grille; puis, il revint trouver Moune.

— Eh bien ! maître, lui dit-elle en le voyant
entrer ; qu'avez-vous décidé avec M. Bernardo ?

Nous sommes convenus qu'il doit préparer
son grand salon pour le 15 courant, répondit
Brantony.

— Combien vous a-t-il demandé pour cela ?

— Nous n'avons pas fixé de prix ; tu comprends qu'avec lui je m'arrangerai toujours.

Ah ! je comprends, je comprends, que vous
êtes trop confiant, et qu'une fois le bal terminé, M. Bernardo vous présentera son compte,
et il vous faudra bel et bien payer le prix qu'il
vous demandera.

— Que veux-tu, Moune, on ne fait rien sans
dépenser !

— C'est vrai, mais vous savez bien que cet
homme-là n'est pas comme les autres; c'est un
usurier. Vous lui louez l'Hôtel des Princes
quatre mille francs par an, et, lui, il vous en fera

payer deux mille pour la location d'une salle, pour une soirée, et les fournitures en plus.

— Eh bien ! eh bien ! que veux-tu, ma pauvre Moune, il faut bien aussi qu'il ait des bénéfices, sans cela comment ferait-il pour me payer ?

— Enfin, murmura-t-elle, tout ce que les autres font vous le trouvez bien... Il semble que vous cherchiez à les enrichir : il n'en est pas de même pour les vôtres !...

Moune appuya sur ce mot.

— Qu'est-ce à dire ? fit Brantony en se retournant ?

— Je veux dire que vous ne ménagez pas votre argent, que vous le donnez à pleines mains aux autres, et que si, aujourd'hui ou demain, le malheur voulait que vous vinssiez à mourir, Mouna, qui est votre fille comme l'autre, — enfin ! — serait forcée d'aller servir des maîtres, tandis que Rachel, qui n'est pas plus qu'elle et qui semble la regarder du haut de sa grandeur, pourrait prouver, par les papiers qui sont dans votre bureau, que vous n'êtes pas Brantony, et que Moune n'est pas votre fille, — car elle ne serait, suivant elle, que votre esclave et elle nous jetterait à la porte comme de mauvaises gens...

— Doucement, doucement ! dit Brantony ;

9

on ne met pas le monde à la porte comme
ça... et je te blâme de parler ainsi. Si Rachel
est ici, n'est-ce pas ta faute, n'est-ce pas toi
qui m'as conseillé de la faire venir ? ne t'ai-je
pas avertie qu'elle devait avoir dans les veines
le sang orgueilleux et méchant de sa mère, et
malgré cela tu ne m'as pas cru... Ne te sou-
vient-il pas aussi que tu m'avais promis que
jamais elle n'apprendrait par toi que je suis le
père de Mouna ?... Allons, dis-moi, te sou-
viens-tu de cela ?

— Oui !... oui !... je me rappelle aussi
que vous me disiez quelquefois que vous aviez
une fille et qu'elle était malheureuse... Et si
je vous ai tant engagé à la faire venir, c'est
que je savais qu'avec nous elle ne manquerait
de rien, et que, bien au contraire, elle pourrait
avoir tout ce qu'elle désirerait; je pensais que,
le père étant si bon, l'enfant ne devait pas être
par trop mauvaise. Hélas ! je me suis aperçue
que, parfois, elle humilie tellement ma pauvre
Mouna, que mon cœur de mère se révolte !...
Je sais bien, et vous aussi, que Mouna est
bonne comme il n'est pas possible de l'être,
mais...

— Je sais cela, interrompit Brantony, c'est
pourquoi je n'ai pas voulu qu'elle fût traitée
comme une esclave : c'est ma fille, je l'aime, et

aujourd'hui je regrette de ne pas avoir fait re-
marquer à Rachel que Mouna était sa sœur.
Enfin, après tout, que me reproches-tu ?...
ne lui ai-je pas fait donner de l'instruction ;
elle est savante, même ; elle est allée dans le
monde ; elle connaît toutes nos grandes villes
d'Amérique ; j'ai fait tout ce qu'il m'a été possible de faire pour l'élever au-dessus de ses
pareilles ; et, maintenant, tu sembles me dire
que j'aime mieux Rachel... Tu sais bien que
cette parole est de trop, tu sais que tu te trom-
pes, car elles me sont aussi chères l'une que
l'autre, ce sont mes deux enfants, et si j'ai un
faible, ce qu'on ne doit pas avoir, peut-être sera-t-il un jour pour ta Mouna. Mais, pour le
moment, puisque je l'ai dit, je ne veux pas
que Rachel sache qu'elle est sa sœur.

On voyait sur la figure de Brantony que ce
genre de conversation commençait à lui dé-
plaire.

— Je voudrais, continua-t-il, qu'elle l'aimât
avant de connaître la vérité ; au fait, bien ou
mal, j'ai résolu qu'il en soit ainsi : ne me parle
plus de cela,... sinon...

Brantony n'acheva pas ; il fallait qu'il fût
bien contrarié pour parler d'une façon si
dure.

Maître, reprit Moune, vous pouvez achever ;

je vous écoute et je vous demande ce que vous feriez si j'apprenais à Rachel ce secret ?

— Pour prouver le contraire, je vendrais Mouna comme une esclave !

— Moune tresaillit et tomba à genoux devant son maître. Elle le combla de caresses et sembla, par son regard et ses gestes, se repentir de l'avoir fait fâcher.

Ce fut au moment où elle lui baisait les mains, que Brantony, revenu de cet emportement qui, du reste, ne lui était pas habituel, lui dit :

— Tu vois bien, maintenant : tu es fâchée de m'avoir fait mettre en colère, et, moi, je suis fâché aussi de t'avoir parlé ainsi... Allons, lève-toi et embrasse-moi ; tu sais que je ne suis pas méchant, mais, vois-tu, toutes ces petites querelles m'ennuient étonnamment, et je ne serais pas fâché que ce fût fini. Quant aux papiers dont tu parlais, ils n'existent plus, et c'est ta fille elle-même qui les a mis au feu ce matin. Comme tu vois, ce serait ta fille qui devrait, en cas de mort, donner l'hospitalité à sa sœur...

En ce moment, on entendit un appel dans le corridor.

— Moune ! Moune !... où êtes-vous ?

Celle-ci se leva et alla ouvrir la porte.

— Bonjour, mademoiselle, dit-elle à Rachel, en s'avançant dans le corridor, vous voilà donc éveillée ?

— Vous le voyez bien, répondit celle-ci avec hauteur.

— Dieu ! pensa Moune ; les bons moments sont passés... Ah ! pauvre Mouna !

— Ne déjeunons-nous pas ? demanda impérieusement Rachel.

— Pardon, tout de suite. Le couvert est dressé ; on n'attendait que vous.

— Où est mon père ?

— Dans la bibliothèque, répondit Moune en s'éloignant du côté de la cuisine, tandis que la jeune fille entrait dans la chambre et allait embrasser son père.

— Je vous cherchais, mon père ; vous ne savez pas ce que je veux vous demander ?

— Pas encore, ma fille, mais si ce que tu demandes est possible, tu peux à l'avance être sûre de l'obtenir.

— Une niaiserie.

— Qu'est-ce donc ?

Bien que, suivant elle, ce ne fut qu'une niaiserie, elle n'osait cependant pas trop parler ; peut-être aussi s'était-elle aperçue de l'amitié que son père éprouvait pour Mouna.

— Enfin, pensa-t-elle, s'il refuse, tant pis. Je

voudrais vous demander, mon père, la permis-
sion de prendre le collier que porte Mouna. Il
est si beau, les perles sont d'une si grande
finesse, que vous verriez comme cela m'irait
bien !

Brantony ne put s'empêcher de sourire.

— C'est donc ce collier qui te fait envie, dit-
il ?

— Oui, mon père, fit-elle avec une expression flatteuse.

— Ça ne m'étonne pas, et je me doutais bien
que tu me le demanderais. Aussi, j'ai voulu
prendre les devants. Et Brantony, se levant,
alla ouvrir un tiroir fixé à la bibliothèque. Il
en tira un collier exactement semblable à celui
de Mouna.

— Tu vois, lui dit-il, celui-ci vaut bien l'autre !

— Pour vous, mon père, mais non pour moi...
Après tout, qu'est-ce que cela vous fait ; croyez-
vous que ça aille si bien, un collier pareil, sur
les épaules d'une négresse ?

— Tu **as** tort ; ma fille, de mépriser ainsi
Mouna ; elle est bonne pour toi, et je ne vois
pas pourquoi tu sembles t'acharner après elle.

— Je ne lui veux pas de mal, mon père, mais
je ne sais pourquoi j'aime son collier.

— Dame ! écoute, ma fille, je ne puis t'en dire

davantage ; tu comprends bien que je ne peux pas t'accorder une chose qui ne m'appartient pas.

— Bah ! qu'est-ce que cela vous fait, n'est-elle pas votre esclave ?

— Ne prononce pas une autre fois ce nom d'esclave devant moi. D'abord, sache bien qu'aujourd'hui, dans la maison de ton père, il n'y a plus d'esclaves ; tous sont libres : Carlin, Vestant, Lanos et Mandri, ces quatre noirs, peuvent partir quand ils le voudront ; je te le répète, ils sont tous libres ! Je ne pourrais donc les retenir.

Il y a quinze ans, continua-t-il, qu'ils sont à mon service : l'an dernier, quand je me suis retiré des affaires, j'en ai congédié cinq cents, car il ne faut pas t'imaginer que la fortune vienne seule et sans bien travailler. J'habitais alors une petite colonie aux environs de Villanova ; mon commerce consistait en sucre et en coton, et, comme tu vois, j'avais des travailleurs pour cultiver tout cela. Donc, quand je me vis suffisamment riche, je me dis que je ne devais pas abandoner ces malheureux qui m'avaient aidé à gagner ma fortune. Je résolus de travailler deux ans de plus, et, le bénéfice de ces deux années-là, je le leur distribuai en même temps que je remettais à chacun d'eux un acte en règle leur accordant la liberté. Quant aux quatre noirs qui sont ici, je puis leur commander ce que je voudrai, je suis sûr d'eux comme de moi-même ; ils ne me laisseraient probablement que si je retournais en France. Aussi, si je meurs, j'emporterai avec moi le souvenir d'une bonne action.

Tu vois, maintenant, pourquoi je n'aime pas qu'on traite mes gens d'esclaves ! Sans eux je n'aurais rien ; pas de fortune ; sans moi, ils seraient esclaves, état bien cruel, un bien dur métier, tandis qu'aujourd'hui ils sont libres. Voilà ce que tous les colons, une fois riches, devraient faire ; mais il en est qui ont le cœur si dur qu'ils les tueraient plutôt que de renoncer à ce trafic de chair humaine qui dégrade plutôt le marchand que la marchandise ! Maintenant, tu m'as bien compris, n'est-ce pas, ma fille ?

— Oui, mon père ; mais tout ce que vous me dites-là ne me donne pas ce que je désire, répondit Rachel d'un air câlin.

Brantony réfléchit et lui dit :

— Eh bien ! soit. Je t'autorise à le lui demander. Si elle consent à te le donner, je ne m'y refuse pas, mais à une condition : Je ne veux pas qu'il en soit fait une seule allusion devant moi.

— Je vous le promets, mon père, et, comme je suis certaine d'avoir raison de Mouna, vous verrez qu'elle me le donnera.

— C'est ton affaire, arrange-toi comme tu pourras... Cependant, fais attention à sa mère et ne vas pas m'occasionner de querelles, car je ne les aime pas, fit Brantony, content d'avoir vidé cette question.

— N'ayez crainte ; elle ne dira rien.

— Enfin, je te le répète : c'est ton affaire. Puis, il ajouta : Il me semble qu'il serait temps de se mettre à table.

— Tiens ! et moi, mon père, qui avais oublié de vous dire que le déjeuner était servi.

— Tu as fait là une belle affaire : Si maîtresse Moune n'a pas eu la précaution de le faire tenir près du feu, je vais bien mal déjeuner ; tout sera froid.

Alors, allons-y vite, mon père ! dit Rachel en le prenant par le bras.

Mouna était dans la salle à manger.

— Adieu, belle Mouna, lui dit Rachel d'un ton affectueux ; puis elle s'avança vers elle et elle l'embrassa. C'était la première fois.

— Mademoiselle est bien bonne, aujourd'hui.

— Ne le suis-je pas toujours pour toi, chère amie ?

— Oh ! si ! mademoiselle ; répondit la mulâ·
tresse, tout en trouvant ce baiser bien étrange.

On se mit à table. Mouna, en sa qualité de
demoiselle de compagnie, était assise à côté de
Rachel, et Moune à la gauche de M. Brantony.
Durant le déjeuner, on parla de choses et
d'autres ; on complimenta le cuisinier, ce qui
faisait gonfler d'orgueil Carlin, car c'était lui
qui était chargé d'apprêter les mets.

Pourtant, Mouna paraissait pensive, préoc‹
cupée ; disons-le tout de suite : ce baiser, plu·
tôt que de la rendre plus intime avec sa soi‹
disant maîtresse, l'avait mise en garde contre
elle.

— Baiser de Judas ! se disait-elle. Méfions‹
nous !

Dès ce moment Mouna parut accepter sans
défiance les attentions affectées de Rachel.

Le café pris, celle-ci se leva de table. Une
minute après on entendait les sons doux et
harmonieux du piano.

Brantony, profitant du moment où Rachel
n'était pas là, dit à Mouna :

— Si Rachel te flatte, c'est qu'elle a envie
de ton collier et qu'elle veut te le demander.
Sache bien que je ne veux pas que tu le lui
donnes ; refuses-le-lui, sinon je ne t'aimerai
plus.

Parlant ainsi, il s'approcha de la jeune fille, et, en présence de Moune, il l'embrassa sur le front.

— Soyez tranquille, mon père; c'est vous qui avez placé ce collier à mon cou, ce sera vous qui l'en sortirez. On voit bien qu'elle ne me connait pas... La fortune l'aveugle ! Hier encore elle était pauvre, misérable peut-être, et aujourd'hui qu'elle se voit riche, la vanité l'étreint déjà outre mesure... Hélas ! fit Mouna avec compassion.

XII

LES DEUX SOEURS

Aussitôt après ce que le lecteur vient d'entendre, Mouna entre au salon. En la voyant, Rachel cesse de jouer du piano, et lui dit :

Sais-tu, Mouna, que tu as bien changé depuis la première fois que je t'ai vue à bord du vapeur ? Ce costume de dame de compagnie te va à ravir, et le vilain costume que tu portais ne rehaussait pas du tout ton beau visage ; si je ne craignais pas de te fâcher, je te dirais que tu as l'air aussi grande dame que moi.

— Mademoiselle plaisante ?

— Pas du tout, et, la preuve que je ne plaisante pas, c'est que je suis fière de sortir avec toi, et, si tu le veux bien, nous allons faire un petit tour de promenade dans le jardin.

— Hypocrite ! pensa Mouna ; et, tout haut, elle dit : Que votre volonté soit faite, mademoiselle ; je suis tout à vous.

Elles prirent chacune un chapeau de paille pour se garantir des ardents rayons du soleil, et, comme pour se donner une contenance, une cravache. Ensuite, Rachel passa sans façon son bras sous celui de la jeune fille, et elle l'entraîna en riant. Elles parcoururent le jardin, remarquant çà et là quelques fleurs dont les feuilles commençaient à laisser leur tige ; au milieu de ces fleurs, vivantes ou mortes, Rachel remarqua une tulipe sauvage d'un jaune d'or terne ; elle alla la cueillir, puis elle l'offrit à sa compagne.

— Misérable ! se dit Mouna ; tu me donnes un emblême qui me prouve ta haine pour les noirs, mais, sois sans crainte, ma vengeance n'ira pas loin... Elle me donne ainsi la preuve qu'elle me déteste... Eh bien ! je veux me venger en lui offrant une fleur qui lui dira qu'elle est belle et bonne. Je pourrai bien, si je voulais, l'envoyer faire un tour dans l'autre monde, mais je ne suis pas Caïn et je ne tuerai pas ma sœur.

En réfléchissant ainsi, elle avait les yeux fixés sur un toxicodendron (plante très vénéneuse). Son regard changea et rencontra un magnifique yuban ; elle en cueillit la plus belle fleur et l'offrit à son tour à Rachel.

— Merci, chère Mouna, fit celle-ci, tandis qu'en elle-même elle se disait : Cette guenon est meilleure et plus rusée que moi ; il semble qu'elle veuille, par ses qualités, dominer sur tou-tes choses, comme au temps où elle était seule avec mon père. Il me semble bien avoir de-viné déjà qu'il a pour elle une certaine ten-dresse, mais je lui en ferai tant voir qu'il fau-dra bien qu'il la chasse pour avoir la paix ; du reste, nous verrons bien qui de nous deux tri-omphera.

Rachel, à ce moment, avait un regard faux et méchant. Son caractère acariâtre ne se pliait pas facilement : nous l'avons vue, à bord du bateau, froisser, blesser l'amour-propre de Zéma, et après le sauvetage, le complimenter et le regarder comme un ami. Quelques jours après, elle ne veut pas reconnaître son père, et lorsqu'elle le voit tomber à ses genoux, elle s'empresse de le relever et lui promet de l'ai-mer. Maintenant, elle se promène, tenant à son bras un cœur bon, généreux, aimant, et elle rêve de le chasser. Oh! despote, ton orgueil ne sera-t-il pas abaissé par celle-là même que tu tyrannises ?

Oubliant pour un instant ses mauvaises pensées, Rachel se mit à admirer la fleur que lui avait donnée Mouna, et dont la bordure rose foncée faisait ressortir sa blancheur éclatante.

Laissant le jardin derrière elles, elles contournèrent la maison et se rendirent dans l'allée des orangers, continuant d'observer, tantôt une fleur égarée et venue au hasard au milieu d'un carré de légumes, tantôt un arbuste ; ou bien encore prêtant l'oreille pour écouter le babil bruyant de ces oiseaux aux couleurs variées qu'on nomme perroquets ou cacatoès, et qui, aussi téméraires que le tancara de la Guyane, ne craignent pas de s'approcher dans le voisinage des maisons.

Les deux jeunes filles avaient passé le jardin potager, elles étaient un peu en avant dans le parc : déjà l'ombrage des palmiers, cocotiers, copaïers, entremêlés de vieux platanes, faisait ressentir aux promeneuses une fraîcheur bien-faisante. Çà et là, les yuccas à la tête arrondie, aux feuilles longues et étroites, semblaient se dérober sous les immenses rameaux qui leur servaient de parasols et à travers desquels, en plusieurs endroits, se tamisaient les rayons du soleil.

Bientôt, Rachel, se dirigeant vers un banc

placé à gauche de l'allée et adossé à un oranger, dit à sa compagne :

— Asseyons-nous ici, et, si tu veux, nous
allons causer ?

— Asseyons-nous, répondit Mouna, toujours
disposée à lui obéir.

Elle s'assit à la gauche de Rachel.

— Voyons, Mouna, si tu voulais me demander quelque chose, comment t'y prendrais-tu ?

— Mon Dieu, mademoiselle, je vous dirais
simplement ce que je désire ; pour savoir si
vous voudriez me le donner, il faudrait bien
que je vous le demandasse, répondit simplement Mouna.

— Et si tu savais, ou du moins si tu croyais,
que ce que tu pourrais me demander ne me
ferait pas plaisir ?

— Je ne vous le demanderais pas.

— Cependant, si un désir, une volonté t'y
poussait ?...

— Dame ! fit Mouna, si j'y étais forcée, il faudrait bien obéir à la volonté !

— Eh bien ! je suis dans ce cas, et c'est à
toi que je veux demander une chose,... et je
n'ose pas,... bien que je sache que tu es bonne, meilleure, bien meilleure que moi,... j'ai
peur de te fâcher.

Rachel, qui dit cela d'un ton doucereux, craignait peut-être, au fond de son cœur, de voir sur les lèvres de Mouna un sourire moqueur.

— Dites, dites, mademoiselle, que redoutez-vous donc ?

— Tu m'autorises à te le demander ?

— Je n'y vois pas d'inconvénient et je suis même étonnée de vous voir tant hésiter !

— Eh bien ! voilà : c'est ton collier qui me fait envie. Et Rachel se mit à rire, de la même façon que si elle eût dit une plaisanterie.

On sait que Mouna avait été prévenue par Brantony, et, cependant, elle ne put réprimer un mouvement d'indignation.

— Quelle audace ! pensa-t-elle ; elle a osé...

A ce moment, un léger frisson sembla agiter Mouna; elle s'éloigna un peu de Rachel. Ses traits si beaux se contractèrent légèrement, puis elle serra plus fort la pomme de sa cravache, tandis qu'elle répliquait d'un accent mal contenu :

— Pourquoi, mademoiselle, exigez-vous de moi une chose que vous possédez déjà. M. votre père vous en a acheté un, et certainement bien aussi beau que le mien : je l'ai vu ce matin, dans le tiroir de la bibliothèque.

— Eh bien! si tu le veux, je te donnerai celui-là en échange du tien ?

— Merci, mademoiselle, répondit vivement Mouna.

Tout en parlant, sa vue semblait se porter ailleurs.

—Enfin,continua-t-elle, j'accepte, mais à une condition :

— Laquelle ? fit avec joie Rachel.

— C'est que vous le porterez autour de votre cou avec ce ruban.

Tout à coup, Mouna se dresse, lève sa cravache qui s'abat en sifflant dans l'air, tandis qu'elle-même pousse un « hein » formidable.

Aussitôt Rachel se lève à son tour et jette un cri d'épouvante.

— Otez votre chapeau, mademoiselle, lui dit la mulâtresse, le ruban que je vous offre y est attaché.

Rachel se découvrit, mais quelle ne fut pas sa frayeur, quand elle vit un serpent accroché au bord de son chapeau de paille... Le reptile n'avait pas lâché prise...

Brantony, depuis le déjeuner, sans avoir l'air d'y faire attention, n'avait pas perdu de vue les deux jeunes filles ; il se doutait bien qu'une petite scène allait se passer.

— En cas qu'il faille mon intervention, se disait-il, tenons-nous prêt. Ainsi, observons leurs agissements.

Le cri poussé par Rachel était arrivé jusqu'à lui ; inquiet, en un instant il fut près des jeunes filles.

— Grand Dieu ! s'écria-t-il en voyant le serpent tombé sur le gravier, d'un côté, et le chapeau de l'autre ; c'est une vipère ! Alors, prenant la cravache des mains de Rachel, il en frappa le reptile comme pour finir de le tuer. Tu l'as échappé belle, ma fille, ajouta-t-il en l'embrassant..., mais comment avez-vous donc fait pour tuer cette méchante bête ?

— Avec ceci !... Mouna montrait sa cravache. Je la voyais, elle entourait l'oranger de ses anneaux : je ne pouvais la frapper sur l'arbre, où, probablement, je l'aurais manquée ; ce n'est que quand je la vis allonger sa tête et qu'elle eût saisi dans sa gueule le bord du chapeau de Rachel, que je la frappai avec force, et d'un seul coup je lui brisai la colonne vertébrale.

— Chère enfant, lui dit Brantony au comble de l'émotion, tu viens de sauver Rachel ; tu mérites bien que je t'embrasse !...

Si le digne homme avait pu dire tout ce qu'il y avait de joie et de bonheur dans son baiser, il aurait encore été plus heureux ; mais sa résolution était de se taire.

Ensuite, se retournant du côté de Rachel, il ajouta :

— Tu vois, ma fille, qu'il est bon quelquefois de ne pas être seule, et une véritable amie n'est jamais de trop... Sans Mouna, tu étais perdue ; je crois connaître un peu ces bêtes, et je t'assure que celle-ci est de la plus mauvaise espèce.

Rachel ne sourcilla pas, elle était terrifiée en pensant au danger auquel, par miracle, elle venait d'échapper. Mais pas une parole, pas un mot de reconnaissance ne sortit de sa bouche à l'adresse de la pauvre Mouna : tout au contraire, son regard présomptueux semblait dire : elle n'a fait que son devoir.

— Ingrate ! pensa Mouna. Tu l'as échappée belle aujourd'hui... Mais si ton cœur est si dur, prends garde !... prends garde !... ma patience aura une fin, et je te jure qu'un moment viendra où je ne souffrirai pas tes humiliations !

XIII

Cinq jours avant le bal, Zéma se rendait à la bonne invitation de Brantony. Il trouva celui-ci sur la porte de la maison. Après les salutations d'usage ils entrèrent dans le salon.

— Eh bien ! fit Zéma, comment va notre Européenne ?

— Bien, bien ! répondit machinalement Brantony.

— Ah ça ! qu'avez-vous, mon cher Brantony ?... vous avez l'air ennuyé, et vous me dites cela d'une drôle de façon ?

— Tenez, je vais vous conter cela : imaginez-vous que cette petite sotte de Rachel ne peut pas supporter sa sœur. L'autre jour, elles se promenaient toutes deux dans la grande allée du parc quand l'idée leur vint de s'asseoir. Il y avait déjà un moment qu'elles étaient là, lorsqu'une vipère descendit d'un oranger et s'abattit sur le chapeau de Rachel. Mouna la vit et la tua. Après ce service rendu, j'avais tout lieu de croire que Rachel allait aimer

Mouna, ou du moins lui accorder sa reconnaissance, pas du tout ;... je crois même qu'elle
la hait davantage. Croiriez-vous qu'elle a eu
l'idée de lui demander son collier ? Heureusement qu'elle m'en a averti, et, à son insu, j'ai
fort bien su prévenir Mouna, qui, dans sa
bonté, aurait peut-être encore cédé. Aussi lui
ai-je défendu de consentir, sous aucun prétexte, à satisfaire cet orgueil mal placé.

— Mlle Rachel sait-elle que Mlle Mouna est
sa sœur ?

— Pas encore, et c'est justement là la bêtise
que j'ai à me reprocher, j'aurais dû lui avoir
dit tout de suite ; vous comprenez un peu mon
embarras et mon ennui... Qui sait comment
elle va prendre cela !... Pourtant, je veux que
samedi Mouna vienne au bal ! probablement
que cela contrariera Rachel, mais je l'ai dit,
et ce sera.

— Mon cher ami, il n'y a qu'une chose à
faire : lui dire tout. Tenez, si vous voulez, je
me charge de le lui apprendre ?

— Soit ! mon bon Zéma ; vous me débarras-
serez là d'une tâche bien ennuyeuse pour ma
susceptibilité.

— Où sont ces demoiselles ?

— Elles sont sorties ; ce matin, Rachel a eu

l'idée de faire atteler le phaéton, et elles sont
allées faire un tour de promenade.

— Seules ?

— Oh ! avec Mouna, je ne suis pas inquiet.
Du reste, vous le savez comme moi, c'est une
cavalière accomplie. Et puis, je ne crois pas
qu'elles soient allées loin... Dans tous les cas,
je n'ai pas lieu de m'en préoccuper, car Mouna
ne monte jamais en voiture seule sans avoir à
la poche un revolver. C'est moi qui l'ai dressée
à ce jeu, et, certes, je pourrais même dire qu'il
y a très peu de chasseurs plus adroits... Un
sang-froid admirable !... Dans ces pays, il faut
connaître un peu de tout... A propos, dites-moi :
vous n'avez pas trouvé un ami pour vous
accompagner ?

— Pardon, j'ai amené M. Antonin Maletk.

— Qu'en avez-vous fait ?

— Il a rencontré une de ses connaissances,
et il s'est arrêté un instant.

— Très-bien, fit Brantony ; mais voyons, il
ne s'agit pas de rester ici ; il s'agit aussi, en
attendant le déjeuner, de prendre quelque
chose...

Maintenant, laissons les deux amis se débrouiller comme ils l'entendront, et tâchons de
voir où se trouvent Rachel et Mouna.

Il était huit heures du matin quand elles sor-

tirent de la villa. Elles firent un tour en ville,
puis, trouvant sans doute qu'il était trop tôt
pour rentrer, elles prirent la route qui conduit
de Rio-de-Janeiro à Jacarapada. Nous les trouvons maintenant en pleine campagne ; une
petite brise, soufflant du sud-est, vient rafraîchir les malheureux esclaves qui fourmillent
dans les immenses plantations de cotons. Ça
et là, on voit les cafiers couverts de leurs fruits,
rouges comme des cerises. Au loin, sur la
droite, on aperçoit la Serra-do-Mar, longue
chaîne de montagnes qui s'élève et forme ainsi
l'horizon de cette partie du Brésil.

Au pied de ces montagnes, qui, par le mi-
rage, semblent être beaucoup plus près qu'elles
ne le sont en réalité, paraît une ombre : Ce
sont des forêts. Derrière les deux voyageurs
une brume semble planer sur la ville.

Voilà le panorama que Rachel et Mouna
avaient devant elles. Elles se trouvaient en ce
moment à sept kilomètres des dernières maisons de Rio-de-Janeiro ; sur la gauche, on avait
une ormaie, et sur le bord de la route se trouvait un érable dont l'âge seul avait probablement imposé respect à son propriétaire.

Tout-à-coup, le cheval s'arrête, à cinq mètres
de cet arbre.

Rachel tenait les guides à la main, Mouna fait mine de les lui prendre ; elle s'y refuse :

— Je veux qu'il m'obéisse, dit Rachel en lui donnant un coup de fouet, que l'animal reçut sans bouger. Au contraire, il recula.

— Voyons, dit-elle, s'enhardissant par la présence de sa compagne : il faut pourtant que je m'apprenne à conduire une bête.

Et, parlant ainsi, elle descendit de voiture pour aller caresser la tête du cheval et pour voir en même temps ce qui pouvait l'arrêter.

Bonne mesure de précaution, et qui étonna un peu Mouna. Celle-ci, étant restée seule, s'était emparée des guides ; mais, disons-le : elle aussi trouvait cet arrêt extraordinaire.

— Que diable Muro a-t-il ce matin ?... c'est la première fois que je lui vois faire ce manège, fit la mulâtresse. Est-ce qu'il n'y aurait pas quelque bête par là ? Par mesure de précaution, et comme pour se mettre en garde, elle tira son revolver de sa poche, puis elle se leva, et, debout sur le plancher de la voiture, elle regarda aux alentours.

Pendant ce temps, le cheval levait la tête et piaffait.

— Je ne vois rien, la route est belle, disait Rachel.

— Montez ! montez vite ! cria Mouna.

Rachel, en toute autre circonstance, aurait bravé cet ordre, mais, sans doute qu'elle comprit le cas pressant, car aussitôt elle lâcha la bride du cheval.

En ce moment, un coup de feu retentit, et une bête tomba de l'arbre comme une masse, ce qui occasionna une grande peur à Muro, car il tourna tête sur queue et il partit au triple galop, malgré les efforts que Mouna fit pour le retenir.

Rachel, qui n'avait pas eu le temps de monter, courait derrière sans pouvoir atteindre la voiture ; elle était poursuivie par la bête fauve, qui, quoique blessée et perdant son sang, courait par sauts et par bonds et cherchait à atteindre la proie qui venait de lui échapper. Rachel ne courait plus ; terrifiée par la peur, elle volait ; un ruisseau de sueur inondait son visage ; il lui semblait déjà sentir pénétrer dans sa chair les dents aiguës de l'affreuse bête.

Cependant, cette course ne pouvait durer longtemps ; l'animal n'était plus qu'à quinze ou vingt pas, il allait l'atteindre !...

Sur ces entrefaites, Mouna, le revolver au poing, arriva. Elle avait fini par arrêter Muro, et aussitôt elle était accourue au secours de

Rachel. Celle-ci passa devant elle comme une flèche ; mais Mouna, avec un sang-froid digne d'être remarqué, attendit bravement l'animal, puis, lorsqu'il fut presque à bout portant, elle lui envoya une seconde balle.

Rachel, épouvantée, ne s'était même pas retournée.

Le jaguar, car c'était une de ces méchantes bêtes, tomba sous la seconde balle. Alors, un sourire de fierté, bien pardonnable dans un pareil moment, parut sur les lèvres de Mouna.

— Je l'emporte, dit-elle en prenant l'animal, après toutefois s'être assuré qu'il était bien mort. Puis elle se dirigea vers la voiture, où elle trouva Rachel déjà réinstallée.

Une heure après, on rentrait à la villa.

La surprise fut grande. Les domestiques ébruitèrent l'évènement dans le quartier, et, pendant un moment, ce ne fut qu'un va-et-vient continuel ; tous les voisins venaient voir le jaguar et complimenter en même temps Mlle Mouna, ce qui faisait beaucoup de plaisir à sa mère... Quel ne fut pas son bonheur quand elle entendit dire à Brantony :

— J'ai vu de plus gros jaguars, car celui-ci est de moyenne grosseur, mais comme c'est

Mouna qui l'a tué, je veux le faire empailler pour le conserver.

Rachel, au contraire, avait pour ainsi dire été forcée d'entendre cette série de langages différents et de compliments, où chacun exprimait d'une façon ou d'une autre sa pensée et terminait par une félicitation à l'adresse de Mouna.

— Pourquoi ces gens-là l'appellent-ils mademoiselle ? murmurait tout bas Rachel. Ne crains rien, Mouna, je te revaudrai cela et je t'assure que je saurai abaisser ton orgueil ?...

La jalousie rendait la malheureuse aveugle.

XIV

Rachel n'était pas femme à laisser assoupir sa haine. La méchanceté la dominait. Il fallait qu'elle censurât à tout propos et presque continuellement Mouna.

Dans l'après-midi de cette même journée, les deux jeunes filles étaient seules dans la bibliothèque. Rachel était assise près de la fenêtre, tandis que Mouna cherchait un livre qu'elle ne trouvait probablement pas ; elle paraissait ennuyée de chercher.

— Enfin, dit-elle, j'ai passé un à un tous les volumes : maintenant, je puis vous assurer, mademoiselle, que celui que vous demandez ne s'y trouve pas.

— Serait-il possible que, dans une bibliothèque aussi complète que celle-ci paraît l'être, on ne trouvât pas l'histoire de Washington ?

— Elle y était, bien sûr ; mais M. Brantony, qui n'est pas ennemi du progrès, l'aura peut-être prêtée à quelques amis.

— Ou tu as peut-être passé sans la voir.

Ainsi, tu n'as qu'à recommencer, et cherche cette fois avec attention.

Rachel accompagna ces mots d'un mouvement d'épaules.

— Ah ça! pour qui me prenez-vous, mademoiselle? croyez-vous donc que je sois aveugle? Dieu merci! non; et du moment que je vous dis que j'ai passé tous les volumes, il me semble que cela doit vous suffire.

C'était la première fois que Mouna répondait de cette façon à Rachel, ce qui ne manqua pas de l'étonner.

— Je n'avais pas besoin de te dire pour qui je te prends; mais, puisque tu tiens à le savoir, je te prends et te regarde comme ma servante, comme mon esclave!

— Misérable! s'écria Mouna en plissant son front bruni, tu sauras que ceux qui sont dans cette maison sont tous affranchis par leur maître. Si je suis esclave, comme tu veux bien le dire, pourquoi m'avoir donc appris à lire; pourquoi m'avoir donc enseigné la langue française et espagnole; pourquoi m'avoir appris à monter à cheval et à conduire une voiture comme une grande dame; pourquoi m'a-t-on fait donner des leçons de danse; pourquoi m'a-t-on appris à connaître la botanique? Tout cela t'étonne. Tu ne te souviens plus, peut-être, de cette tulipe que tu m'offris il y a quelques jours ; sache donc que je n'avais qu'un pas à faire pour t'offrir une fleur qui t'aurait donné la mort ! Mais passons, je veux maintenant te dire que je suis ta maîtresse ! et non ton esclave !...

Mouna respira, et continua : — N'est-ce pas moi qui t'ai arraché à la morsure de cette vipère, ainsi qu'aux griffes du jaguar ? Allons, maintenant, crois-tu que l'éducation que j'ai reçue est celle d'une esclave ?... Ah ! tu t'imagines que, parce qu'on est noire, on n'a pas un cœur... tu crois qu'on doit supporter l'humiliation et les vexations d'une méchante fille comme toi... C'est une erreur ! je suis fille de blanc !... et ne le serais-je pas, que mon sang est aussi précieux que le tien !... L'esclave est forcé, — sinon le fouet, — de supporter l'insulte. Mais moi, je te le répète, je suis libre,... et je ne crains pas de dire à une méchante comme toi que je la méprise !... Une foule de hardis téméraires abusent du travail de plus de deux ou trois millions de noirs, mais si ces noirs avaient de l'instruction, le quart seulement de ce qu'ont les blancs, ils se lèveraient en masse et ils vous forceraient, sinon à travailler, du moins à les respecter davantage !

Cette tirade avait fait pâlir Rachel.

— Mouna, dit-elle, je te promets que tu me
paieras cette scène... Ah ! nous verrons bien
si tu n'es pas esclave !...

— Je te comprends, tu diras au Maître...

— Que tu m'as insultée et frappée, interrompit Rachel, et, pour te punir, il te vendra,
j'en suis sûre, sur la place publique, comme le
dernier des parias.

— Tu serais lâche au point de commettre
une pareille bassesse ?

— Oui, et tu n'auras que ce que tu mérites !

— Nous n'en viendrons pas là, reprit la mulâtresse, car je ne sais ce que le maître déci-
derait ; mais, dans la crainte que tu deviennes
l'auteur de mon malheur, je veux te montrer,
avant que tu n'aies atteint le but que tu te pro-
poses, que ton esclave est devenue ta maîtresse !

Mouna était sublime ; le sang paisible et
doux de sa race s'animait de plus en plus et
bouillonnait maintenant à faire rompre ses
veines.

D'un bond elle saute à la panoplie, saisit un
poignard, et le lance avec force ; il va se plan-
ter dans le parquet devant Rachel épouvantée.

— Tiens, lui dit·elle, attaque donc ton esclave !... Je me fais forte de te dompter.

Voyant le poignard à ses pieds, Rachel ne

put réprimer un cri. Qu'importait ce cri de rage à la pauvre mulâtresse, elle qui, ce matin, était si bonne, si patiente, qui supportait la persécution et la tyrannique audace de l'Européenne avec une résignation incroyable ! Maintenant, lassée et à bout de patience, elle lève fièrement la tête et porte un défi à son oppresseur étonné.

Sans armes, les bras croisés sur sa poitrine, elle attend Rachel, qui semble indécise; c'est alors qu'elle lui dit :

— Tu vois bien que tu es plus lâche que moi !

— Non, je n'ai pas peur de toi ! riposte Rachel.

Elle court vers la porte, la ferme à clef, met la clef dans la poche de sa robe, et s'empare du poignard.

— Comme ça, ajoute-t-elle, sûre du succès, ta mère ne pourra pas venir à ton aide !

Aussitôt elle s'élance sur Mouna et lui porte un coup terrible vers la poitrine, mais la mulâtresse arrive à temps pour le parer, et, à son tour, elle saisit Rachel par le poignet. Alors un combat corps à corps s'engage; il ne devait pas durer longtemps. En une minute Mouna arrache le poignard des mains de son adversaire, et, la saisissant, elle l'enserre dans son

bras gauche, tandis que sa main droite, qui
tient l'arme, s'élève au-dessus de sa poitrine.

Ce fut un moment terrible pour Rachel ; elle
se vit perdue.

— Grâce ! grâce ! s'écria-t-elle.

Mais Mouna, que son regard triomphant em-
bellissait, sembla ne pas entendre ; elle dominait sa victime devenue impuissante.

— Au secours ! au secours !... à moi !...
appelait Rachel.

A ce moment, dans le corridor, on entend
des pas. On tourne la poignée de la porte. On
ne peut ouvrir, car celle-ci est fermée à clef...
Les pas s'éloignent... Une seconde après, un
bruit de pas et de paroles se fait entendre de
nouveau, on marche précipitamment, des coups
violents font céder la porte, et Brantony,
Zéma, Moune et les domestiques font irruption
dans la chambre.

— Arrête ! arrête ! malheureuse, tu vas tuer
ta sœur.

Le cœur de Brantony venait de parler et de
mettre à néant la mission dont il avait chargé
Zéma.

— Ma sœur ! balbutia Rachel, dont la blancheur formait un singulier contraste avec la
mulâtresse.

Après ces mots, Mouna abandonne le poignard, et, prenant Rachel par le bras, elle la force à s'agenouiller aux pieds de Brantony, avant que personne n'eut eu le temps de s'y opposer.

— Demande pardon ! je le veux, dit-elle ; demande pardon à notre père de tout ce qu'il a souffert depuis que tu es avec nous. Cette fois, tu dois être satisfaite, et je pense maintenant que tu ne m'humilieras plus. Tu vois qu'un noir vaut bien un blanc, et, à l'avenir, sache bien, et tâche de t'en souvenir, qu'on ne doit jamais être orgueilleux d'une fortune ou d'un titre qu'on n'a pas gagné !...

La leçon fut bonne ; elle porta son fruit. Ce fut la dernière querelle que les deux jeunes filles eurent ensemble.

A dater de ce jour elles s'aimèrent sincèrement, comme deux vraies sœurs ; Rachel avait reconnu sa faute à l'égard de Mouna. Aussi ce jour fut-il pour Brantony un jour heureux, car il pouvait maintenant se trouver en présence de ses deux enfants, sans cacher les baisers paternels qu'il donnait à l'une, dans la crainte d'exciter la passion criminelle de l'autre.

De ce moment, on put voir et comprendre, aux rayonnements de sa figure, que la vraie joie venait de pénétrer dans son cœur.

XV

LE BAL

Il est onze heures. Une cinquantaine de curieux stationnent sur le square de la place de N. Senhora de Gloria. En face, on voit le Grand Hôtel des Princes, d'où s'échappe, par les fenêtres ouvertes, un flot de lumière. A ce moment, la musique fait entendre un morceau d'ouverture du célèbre Wéber.

La salle, d'une longueur de soixante pieds et d'une largeur de vingt-cinq, est comble; elle est tapissée d'une tenture d'un gris perle surchargée de filets dorés en forme de losanges.

En entrant, on a à sa droite l'orchestre, composé de vingt-cinq musiciens. Sur le même côté se trouve une porte qui ouvre sur un salon de rafraichissement. Des bancs à dossiers, recouverts de velours rouge cramoisi, entourent la salle.

La musique a fini son ouverture; maintenant, elle fait entendre une valse entraînante. Bon nombre de danseurs et de danseuses sont en train de tourner la tête.

A ce moment, un jeune homme en habit noir, cravate et gants blancs, paraît à l'entrée du bal; il s'arrête et attend que la danse soit achevée pour traverser la salle. Ensuite il va se placer à l'extrémité, à côté d'une vieille dame qui est sans doute venue accompagner sa petite-fille, ou qui est là comme simple spectatrice, car elle a les cheveux blancs comme un cygne; elle paraît avoir soixante ans au moins, son teint est cuivré, elle a de grands yeux bien noirs, un peu encavés, un front haut, le nez pas énorme, mais élargi à sa base, une grande bouche, des dents blanches, et le menton pointu. Voilà le portrait de la dame qui avait eu l'avantage d'attirer le jeune homme.

La valse est finie, et chacun, au milieu du frou-frou des robes, reprend la place qu'il occupait un instant auparavant.

— Pardon ! madame, fit le jeune homme.

Il s'adressait à la dame aux cheveux blancs.
Pourriez-vous me dire quelle est cette demoiselle ou dame qui entre en ce moment ?

A la porte du salon de rafraîchissement paraissait une jeune demoiselle ; un monsieur âgé
l'accompagnait.

— Accompagnée de ce grand monsieur,
n'est-ce pas, compléta la dame.

— Oui, madame.

— C'est Mlle Brantony.

— Est-ce qu'elle a toujours habité ce pays ?

— Non, monsieur ; il n'y a que deux ou trois
mois qu'elle est arrivée de France. Puis, elle
ajouta avec curiosité : Mais vous non plus,
monsieur, vous n'êtes pas brésilien ?

— Non, madame ; je ne suis au Brésil que
depuis un mois.

— Vous êtes sans doute avec votre famille ?

— Je n'ai malheureusement pas de famille,
madame, je suis ici avec deux amis.

Et, parlant ainsi, il laissa voir un triste sourire.

— Quel est le nom que vous portez ? questionna la vieille, de plus en plus curieuse.

— Moïse.

Le lecteur verra plus loin comment il se
trouvait à cette fête.

— Tiens ! le nom d'un prophète, fit la dame.

Moïse semblait s'être éloigné de la question qu'il avait commencée, quand il se mit à dire, en regardant mademoiselle Brantony :

— Elle est bien belle.

— Vous trouvez, monsieur ?

— Oui, madame.

— Vous n'êtes pas le seul. Je vous dirai que, dans cette maison, il y a deux jeunes filles, toutes deux belles comme les amours, à qui les fils de nos plus riches négociants seraient fiers de donner leurs noms.

— Elle a donc une sœur ? demanda Moïse ?

— Et qui est bien gentille ; tenez, voyez-la, elle est assise entre ces deux fenêtres... c'est cette mulâtresse, et, certes, dans le quartier, je puis vous assurer qu'elle a hérité d'une popularité considérable... on l'estime au plus haut point ; elle est si bonne, surtout pour les pauvres... Tous ceux qui vont frapper à sa porte trouvent un soulagement à leur misère.

— Je la trouve bien mieux que sa sœur, dit Moïse.

— Et je suis de votre avis... Voyez cet air bon, qu'elle a, fit la dame.

— Quel est donc le monsieur qui accompagnait la première ?

— C'est un bien brave homme ; il se nomme Zéma. C'est un intime de la famille. Voyez s'il faut qu'il en soit ainsi, c'est à lui que M. Brantony a confié le soin d'aller en France chercher sa fille.

— C'est juste, fit Moïse, commençant à croire qu'il avait découvert ce qu'il s'était juré de chercher.

Puis il ajouta : Quelle ville habitait-elle en France ?

— Je ne pourrais vous dire.

Pendant que nos deux personnages se questionnaient l'un l'autre, les musiciens s'étaient rafraîchis et la danse recommençait.

— Voilà le quadrille, dit la vieille dame à Moïse : vous ne dansez pas, monsieur ?

— Comme étranger, madame, je ne serais pas fâché de voir un peu avant de commencer.

— Je vous avertis qu'on ne jouera plus que ce quadrille : c'est le quatrième ; vous n'aurez après que des petites danses. Tenez ! voyez, déjà ces messieurs ont leurs danseuses au bras… Allez, allez donc, continua la dame en riant, faites comme tout le monde ; voyez, là-bas, mademoiselle Mouna, que vous trouvez si

bien,... celle qui a la ceinture bleue,... je gage
qu'elle n'est pas promise, et pourtant ça m'é-
tonnerait bien... Allons, un peu de courage ;
si vous voulez danser, faites votre demande.

En voyant la timidité de Moïse, la dame
riait à l'aise.

Moïse, riant à son tour, se leva ; il se procura un vis-à-vis en se disant : « Bah ! je trouverai toujours une danseuse ». Ensuite, il alla
demander Mouna.

— Pardon, mademoiselle, lui dit-il ; aurai-
je le plaisir de danser ce quadrille avec
vous ?

— Merci, monsieur, je viens de le promettre.

— Voyons ailleurs, une, deux, trois,... enfin !
pensa-t-il, elles sont donc toutes promises !

Et, retournant à sa place :

— Allons, bien ; pour mon début, je vais faire
tapisserie !

— Je crois, monsieur, que vous n'avez pas
été heureux ? vous êtes arrivé partout en retard, dit la vieille dame.

— C'est vrai, madame, répondit Moïse d'un
air piteux.

— Alors, vous ne danserez pas ?

— Vous avouerez, madame, que je ne puis
danser seul ?

Cette réponse si franche la fit sourire. Elle continua :

— Mais votre vis-à-vis, qu'en faites-vous, maintenant ?

— Ah ! diable !... Il parut embarrassé.

— Eh bien ! monsieur, je vais vous tirer de là, si toutefois vous voulez bien me faire l'honneur de danser avec moi... Je puis vous affirmer que vous serez plus regardé que si vous dansiez avec une jeune fille.

Le coup avait porté, et Moïse, pour ne pas être impoli, fut contraint de faire danser la vieille dame, qui, du reste, s'en acquitta à merveille.

Le quadrille terminé, chacun reprit sa place ; c'est alors que Moïse dit à sa danseuse :

— Je voudrais bien voir M. Brantony.

— Vous ne le verrez probablement pas ce soir ; le consul de France l'a fait demander pour une affaire pressée. Il a laissé le bal aussitôt, et il est parti dans la voiture du consul.

Ce renseignement parut satisfaire Moïse, car il ne demanda pas autre chose.

La soirée se passa au mieux ; chacun était gai, joyeux. Bientôt, une heure du matin sonnait. Déjà bon nombre d'invités s'étaient retirés. Le bal tirait à sa fin. Chaque invité restant encore prenait son manteau et descendait le large escalier de l'hôtel.

A ce moment, Moïse, par mégarde, et certes sans intention, mit le pied sur la robe de Mlle Rachel, et il la déchira complètement. Celui qui l'accompagnait, et qui n'était autre que Zéma, au « Ah !» que fit Rachel, se retourna :

— Doucement ! dit-il. Et il ajouta cette épithète : Maladroit !

— Vous n'êtes pas poli, monsieur, et vous devriez voir que, moi-même, je suis poussé et forcé d'obéir à la foule.

— Monsieur, je pourrais vous montrer que je le suis autant que vous !

— Quand il vous plaira, monsieur ! répondit Moïse sur le même ton.

Un signe que Zéma lui fit, et qu'on pouvait interpréter ainsi : « Au revoir ! » sembla terminer la discussion.

Quelques personnes s'étaient bien aperçues de l'affaire, mais on crut la question vidée par l'éloignement de chacun.

Après cette courte discussion, Moïse descendit à l'hôtel : il attendit le retour de Zéma. Celui-ci parut bientôt.

— Vous avez commis une maladresse, monsieur, dit-il en apostrophant Moïse.

— C'est possible, et si vous n'êtes revenu

que pour me dire cela vous eussiez mieux fait
de rester chez vous, riposta Moïse d'un air
moqueur.

— Ma foi, monsieur, puisque vous riez de si
bon cœur, je vous prierai de me rendre raison de cette bévue.

— Quand monsieur voudra, répondit Moïse,
qui avait de suite compris où l'affaire allait en
venir; aussi, en avait-il déjà pris son parti en
brave.

— Puisque vous êtes si bien disposé, ce sera
pour ce matin.

— Dans quel endroit ?

— Au Champ-des-Tombeaux.

— Votre heure ?... qui du reste sera la
mienne, fit Moïse.

— Six heures.

— Vos armes ?

— Choisissez, dit Zéma, car je puis vous dire,
sans vouloir vous effrayer, que je les connais
toutes.

— Tant mieux pour vous, car, moi, je n'en
connais aucune; je choisis donc, comme étant
le plus facile à chacun, le pistolet... Cela vous
va-t-il ?

— C'est entendu, dit Zéma.

Ils échangèrent leurs cartes et se séparèrent.

— Bien, se dit Moïse, qui aussitôt rentra à

l'Hôtel des Princes et monta dans sa chambre, après avoir chargé le garçon de nuit de l'éveiller à cinq heures du matin. Enfin, ce diable de bal m'a toujours fait gagner quelque chose.

Quant à Zéma, il se rendit chez son ami. Celui-ci venait de rentrer.

— Enfin, lui dit Zéma, que le consul pouvait-il vous vouloir ?

— Il voulait me demander si, par hasard, en changeant de pays, je n'avais pas changé de nom, répondit Brantony ; puis, il ajouta finement : Il paraît qu'il y en a qui le font.

— On est sans doute à la recherche de quelqu'un ?

— Oui, et ce quelqu'un court un grand danger.

— Lequel, donc ?

— Celui d'être assassiné.

— Diable ! en effet, c'est assez sérieux, fit Zéma, à qui revint la pensée de son duel. Puis, il ajouta : Mais comment le consul peut-il savoir cela ?

— Par une lettre qu'il a reçue aujourd'hui.

— Vous l'a-t-il montrée ?

— Je l'ai lue. .

— Comment est-elle rédigée ?

— En français. Du reste, en voici la copie.

Et, tirant de sa poche un papier, il le tendit
à Zéma.

Celui-ci lut à haute voix :

« Monsieur le Consul de France,
à Rio-de-Janeiro, Brésil.

« Il y a deux mois, un homme s'embarquait à
bord d'un paquebot de la Compagnie des mes-
sageries maritimes de Bordeaux, faisant route
pour Rio-de-Janeiro. Cet homme se rendait
dans cette ville afin de faire des recherches
pour trouver un nommé Lancy, et il se propo-
sait, si du moins cela n'est déjà fait, de l'assassiner !

« Ce n'est qu'au hasard que je dois d'avoir
découvert le secret de ce projet criminel. Maintenant, à vous d'en instruire la police de votre
pays.

« Voici le signalement de l'homme en question : taille petite, nez crochu, teint brun ; il
ne portait pas de barbe alors, mais il peut
l'avoir laissée pousser depuis son départ; il
sera facile de le reconnaître à une cicatrice
qu'il porte à la figure et qu'il a reçue en com-
mettant encore une mauvaise action.

« J'ai l'honneur d'être, monsieur le consul,
votre très humble servante.

ANNA X.

Bordeaux, le.....

— Je ne connais pas ce petit nom, dit Zéma.

— Moi non plus, mais ce n'est pas la signature qui a le plus occupé le consul, c'est ce qu'elle lui annonçait ; aussi, le digne homme, craignant que la police ne parvînt pas à s'emparer du misérable, — car il ne doute pas que la lettre dise vrai, — a-t-il voulu me faire demander pour m'expliquer ce qui en était, afin, si je cachais mon nom, d'avoir à me tenir sur mes gardes. Je le remerciai de tant de bonté. Il voulait me faire accompagner, et, en même temps, il s'excusa d'être venu m'arracher à la soirée, où lui-même n'avait pu assister, malgré ma bonne invitation. Je refusai, car une idée me trottait dans la tête : je craignais pour quelques amis... Je ne pouvais cependant pas retourner au bal et dire cela au milieu de la gaîté générale ; voici ce que je fis : je pris une voiture de place et je me fis conduire chez toutes mes connaissances. Chez chacune d'elle je priai les domestiques de remettre une feuille de papier que j'avais ôtée de mon calepin et sur laquelle j'avais écrit au crayon :

« Si vous vous appelez Lancy, rendez-vous demain sans manquer chez le consul de France ; il vous apprendra quelque chose d'important. » Voilà, mon ami, ce que j'ai fait.

— Eh bien! mon cher Brantony, si vous
étiez venu me confier cela, je vous aurais épargné l'ennui de ne pas assister au bal.

— Comment ça?

— Je connais votre homme... Il a en ce
moment un duel sur les bras, et, ce matin, à
cinq heures, il doit se battre au pistolet!

— Est-ce possible?

— Rien de plus vrai.

— Et cet homme?

— C'est moi, dit Zéma d'un air presque inquiet.

Peut-être pensait-il à Xilta. Le lecteur n'a
sans doute pas oublié qu'elle avait promis de se
venger.

— Vous! vous! mais vous plaisantez?

— Pas le moins du monde!

— Du diable si j'avais pensé à vous, fit Brantony.

— Seulement, je réclame de vous, sur mon
nom, un silence absolu?

— Soyez tranquille, cher ami. Mais ce qui
me fait de la peine, c'est de penser que peut-
être vous allez être assassiné.

— Ce ne sera toujours pas par l'homme que
vous venez de me dépeindre; celui avec qui
je dois me battre est tout jeune; il a vingt ans
à peine.

— Comment, Zéma, vous ignorez donc qu'on fait agir ?

— Je comprends.

Alors, vous croyez que ce jeune homme ne serait ni plus ni moins qu'un affilié, ou un complice.

— Vous avez dit le mot.

— Je ne puis croire cela. Si vous voyiez comme il a l'air insouciant.

— Et à propos de quoi vous battez-vous ?

— Pour une niaiserie. Zéma s'en tint là.

— Je sais bien qu'il n'en faut pas beaucoup aux querelleurs. Aussi, si j'ai un conseil à vous donner, ne l'épargnez pas... C'est malheureux de tuer son semblable, mais, pourtant, quand on vous attaque, il faut bien se défendre, et vous pouvez être assuré que le gredin fera son possible pour vous toucher.

— S'il le peut, c'est son droit... Mais, dites-moi, Brantony, puis-je compter sur vous pour me servir de témoin ?

— Pardieu ! je le crois bien, et, si je m'apercevais qu'il y eût dans sa manière d'agir quelque chose de louche, vous verriez si je saurais le rappeler à l'ordre... Quel est votre autre témoin ?

A ce moment, la porte du salon s'ouvrit et un homme de quarante ans environ parut ;

il présentait exactement le type de l'ancien soldat.

— Le voilà ! dit Zéma, en montrant celui qui venait d'entrer.

— De quoi s'agit-il ? s'informa le nouveau personnage.

— D'un duel, répondit Zéma.

— Ah ça ! joues-tu la comédie ?... Comment, nous sortons du bal, où nous avons ri, où nous nous sommes divertis comme des enfants, et, maintenant, tu me parles de cassement de tête ! fit-il étonné.

— Il ne s'agit pas de réprimande ; voyons, Antonin, puis-je compter sur toi ?

— Oui, mon bon, mais dis-moi au moins ce qui en est ?... Et s'il y avait moyen d'arranger l'affaire,... bah ! sacré tonnerre ! pour un oui, un non, on ne peut pourtant pas s'exposer à se faire défigurer.

— Il le faut, interrompit Brantony, pensant bien que son ami avait affaire à un traître. Puis, il ajouta : Allons, Messieurs, et vous surtout, Zéma, allez prendre une heure de repos ; vous aurez la main plus sûre pour vous défendre !

Et les trois amis se séparèrent, étonnés et à la fois inquiets de savoir comment cela finirait.

XVI

LE DUEL

Moïse ne s'était pas couché ; il s'était assis devant une table ; il avait écrit une lettre, et, après avoir bien réfléchi pour savoir s'il n'oubliait rien, il la ploya et la mit dans une enveloppe sur laquelle il écrivit l'adresse.

A peine finissait-il qu'on frappa à la porte.

— Entrez !

— Il est cinq heures : la voiture que Monsieur a demandé est à la porte de l'hôtel, dit le veilleur.

— Très bien ! mon garçon... Dites-moi, pourriez-vous vous engager à faire une course ?

— Oui, Monsieur.

— Ce serait de porter cette lettre rue Rosario, à l'Hôtel des Étrangers. Vous demanderiez M. Duras ; du reste, vous avez l'adresse sur l'enveloppe ; seulement, il ne faudrait pas manquer d'y aller à six heures ; je vous recommande bien de ne pas oublier.

— Non, non, senor, dit le garçon en prenant la lettre.

Et, pour mieux l'engager à s'en souvenir, il lui glissa une pièce d'argent dans la main. Puis, il le congédia.

Cinq minutes après, Moïse descendait de sa chambre et il montait en voiture, en criant au cocher :

— Au champ des Tombeaux !

Pendant que Moïse se rend à l'endroit convenu, une voiture, attelée de deux chevaux, contourne, en descendant vers la campagne, la base du mont Carioca ; elle va chercher un carrefour où plusieurs routes aboutissent. Là, elle prend à gauche le chemin qui conduit de Rio-de-Janeiro à Bélem.

Mandri, pour les grandes occasions, était toujours le préféré ; fort et robuste, il pouvait donner, au besoin, un bon coup de main. Aussi le trouvons-nous assis sur le siège et conduisant les chevaux.

Quatre hommes sont dans l'intérieur de la

voiture ; ils sont graves et paraissent préoccupés de ce qui va se passer.

— Eh bien ! Zéma, tu as l'air si triste que, si je ne connaissais pas ton adresse, je craindrais pour toi, dit un des quatre personnages.

— Auriez-vous peur ? ajouta vivement le second. A son costume noir et à sa cravate blanche, il était facile de reconnaître un docteur.

— Ma foi non, répondit machinalement Zéma ; ce n'est pas la première fois que je me bats, mais...

— Mais ? répéta Antonin, — car c'était lui qui avait entamé la conversation.

— Mais.... je ne sais pas... c'est curieux... cela me fait de la peine de me battre aujourd'hui !... nous avons tous notre heure fatale dans la vie, et j'ai un pressentiment que celle-ci le sera pour moi, dit Zéma.

— Bah ! bah ! peut-on se décourager ainsi ! fit le docteur. Et pourquoi cette heure vous serait-elle plus fatale qu'une autre ?

— Mon cher monsieur Dalersonn, je ne saurais trop vous le dire : j'ai éprouvé tant de revers dans ma vie que je suis presque un habitué du malheur, et, cependant, je ne sais pourquoi, après avoir tant de fois demandé la mort, je voudrais vivre. Est-ce peur ? est-ce

ennui ?... je ne puis le définir, mais je sens
qu'il y a quelque chose en moi qui n'est pas
naturel... j'aurais — et pardonnez-moi, mes
amis, si je vous dis cela, — j'aurais presque
envie de pleurer ! Mon cœur bat, mes oreilles
bourdonnent, il me semble entendre un bruit
étrange, semblable aux retentissements lugu-
bres que le vent cause dans sa tourmente
parmi les sinistres cyprès. En somme, pour
mieux vous dire, ce que je ressens n'est pas
ordinaire ; c'est plus fort qu'un malaise, et je
ne puis pas définir d'où peut me venir cet en-
gourdissement. Je vous le répète : je n'ai pas
peur, et, cependant, j'appréhende quelque
chose de funeste. En conséquence, ai-je pris
mes précautions, ne sachant ce qui peut m'arriver. Si je suis tué, vous ouvrirez cette poche ;
il porta la main à la hauteur de son cœur,
puis il continua : C'est à vous, Brantony,
comme étant mon plus ancien ami, que je
m'adresse. Vous y trouverez une lettre. Me
promettez-vous de remplir mes dernières vo-
lontés ?

— Je jure de les remplir telles qu'elle sont
écrites, répondit Brantony ; mais je ne crois
pas y être obligé pour cette fois, ajouta-t-il.

— Et maintenant, amis, à la grâce de Dieu !
dit Zéma, tandis qu'intérieurement il pensait :

Je pourrai au moins mourir tranquille ; désormais je suis sûr que jamais ils ne se battront avec mon fils.

A ce moment, la voiture s'arrêta.

Les quatre personnages descendirent.

— J'attends ici le résultat du duel, dit le docteur Dalersonn. Au premier signal je me rendrai, car c'est toujours avec peine que j'assiste à ces sortes de cérémonies.

Zéma, Brantony et Antonin se rendirent au Champ des Tombeaux.

Celui-ci est situé à neuf kilomètres des dernières maisons de Rio-de-Janeiro. C'est probablement un ancien cimetière ; il est entouré d'une haie vive ; çà et là on voit quelques cyprès centenaires. A cette époque, ce lieu était devenu le rendez-vous des duellistes. Cent mètres environ avant d'y arriver, on laisse la route et l'on prend un sentier bordé, de chaque côté, par une rangée de manguiers placés irrégulièrement.

Les trois personnages pénètrent dans l'endroit appelé le Champ des Tombeaux. Le sol est couvert de graminées ; à chaque pas que l'on fait, le craquement sec du roseau qui se casse se fait entendre.

Assis sur un bloc de pierre auquel l'âge a donné la couleur du granit, (peut-être aussi

est-ce un débris de ces tombeaux antiques
sous lesquels repose un explorateur qui a
trouvé la mort loin de son pays et que Dieu
a illustré dans son ciel), Moïse attend. Son
aspect est grave ; on dirait une statue de
marbre colorié.

A la vue des nouveaux-venus, il se lève, et,
après les avoir salués, il leur dit :

— Pardon, messieurs, je suis étranger.
C'est vous dire que je ne connais pas beaucoup de monde. J'aurai donc l'honneur de
vous annoncer que, pour régler les conditions,
je me fie entièrement à votre loyauté.

— Merci, monsieur, répondirent-ils.

Et les témoins, déjà trompés dans leur attente, se regardèrent étonnés.

— C'est drôle ! pensa Antonin, un mauvais
garnement ne se confie pas si facilement.

Moïse ajouta :

— J'ai apporté une paire de pistolets du
même calibre ; ils sont neufs : si vous le voulez, nous allons en faire l'essai ?... Dans le cas
contraire, nous nous servirons des vôtres.

Il prononça ces mots sans forfanterie. Je
veux tout ce qu'il vous plaira, semblait-il
dire.

Après tout, qui pouvait lui tenir à cœur sur
la terre ? Sa mère, bien qu'il y pensât souvent,

il ignorait si elle vivait; son père, de même; alors il est facile de comprendre pourquoi il acceptait ce duel avec un si grand sang-froid.

D'autre part, Brantony se disait :

— Qui peut savoir s'il n'y a pas de l'hypocrisie dans ses paroles.

Il voyait, depuis la veille, des assassins partout. Cependant, cette confiance de la part du jeune homme avait ébranlé son jugement.

De son côté, Antonin semblait avoir hâte d'en finir.

— Quelle étrenne, pensa-t-il, en examinant minutieusement les pistolets qui, aussitôt, furent chargés. Ensuite, on compta cent pas. On plaça les deux adversaires aux endroits désignés, et chaque témoin leur mit à la main l'arme réparatrice, mais bien plutôt destructive!... Destructive! oui, c'est le mot, car si on avait placé ces deux hommes, qui cherchaient à se tuer, sur un pont de cinquante pieds de hauteur, et qu'on leur eût dit : « Vous allez sauter là ! » ils auraient réfléchi avant de proposer un tel duel ; là, du moins, les chances auraient été plus justes, et, par le fait, bien mieux partagées. On sait bien que, le plus souvent, c'est le plus fort qui, par des menaces ou des attaques diverses, force le plus faible à lui demander raison des injures dont il l'accable ; notre siècle de lumière et de progrès n'a pas vu disparaître cette coutume barbare ! Avec l'espoir de la voir un jour ou l'autre tomber dans l'oubli, revenons sur notre terrain.

Rien n'est plus terrifiant que la présence de deux hommes qui, au premier signal, peuvent se tuer. C'est horrible à voir. Tout est silencieux. La nature elle-même semblait, ce matin-là, prolonger son sommeil ; tout, tout semblait tomber, pour une seconde, dans une profonde léthargie. Les témoins avaient le cœur glacé, ils étaient pâles, et plus frissonnants que les combattants eux-mêmes. Ceci se comprend, ce sont eux qui vont donner le fatal signal. A ce moment, un des témoins frappe trois coups dans ses mains.

Zéma fait vingt-cinq pas ; Moïse en fait vingt-cinq aussi.

Pour la première fois de sa vie en pareille circonstance, Zéma tremble. Il tire. Moïse ne tombe pas, Zéma est perdu, car il est convenu que les deux adversaires doivent marcher l'un sur l'autre, avant comme après le premier coup tiré. Moïse marche d'un pas ferme vers Zéma ; rien en lui ne fait pressentir que la balle l'a touché. Quand il n'est plus qu'à cinq pas, il presse la détente de son pistolet, et la balle siffle dans l'air.

— Le charriot que je traîne depuis que je suis au monde est assez comblé de misères, dit-il ; je ne veux pas en augmenter la charge en y ajoutant un cadavre de plus.

Ceci dit, il devint blême, et il tomba aux pieds de Zéma, immobile et surpris.

Les témoins de cette scène étaient stupéfaits.

— Généreux jeune homme ! murmura Brantony.

— Mourir à vingt ans à peine, et loin de sa famille, dit Antonin.

— Le médecin ! le médecin ! se mit à crier Zéma, en ouvrant la redingote de Moïse.

Tout à coup, il poussa un cri :

— Mon fils !... mon fils !

Il venait d'apercevoir les deux lettres gravées sur la poitrine de Moïse, par la main de sa mère.

Alors, rien ne le retint plus ; un fleuve de larmes déborda, et, de ses pleurs, Zéma baigna les joues pâlies de son fils.

L'homme de science veillait ; aussitôt la première détonation il était accouru. Antonin, étonné de plus en plus, soutenait Zéma, tandis que Brantony, à genoux auprès du blessé, étanchait, à l'aide d'un mouchoir, le sang qui coulait d'une blessure que la balle avait faite à l'épaule gauche. C'était cette douleur, que Moïse avait ressentie sans se plaindre, qui venait de lui occasionner une suspension momentanée de toutes ses facultés.

A ce moment, sur la route, le bruit d'un cheval qui galoppe ventre à terre se fait entendre. Une voiture s'arrête, et il en descend deux personnages qui, franchissant en courant le petit sentier que nous connaissons, viennent interrompre cette scène lugubre.

Le premier qui paraît à l'entrée est Jean Duras.

— Moïse ! Moïse ! où es-tu ? Ah ! canailles ! si vous me l'avez tué, malheur à vous ! s'écrie-t-il en s'approchant du groupe.

Henry le suivait, mais le docteur Dalersonn, qui, en ce moment, examinait la blessure, les pria de se tenir un peu à l'écart, et, comme pour les rassurer, il dit :

— Il n'en mourra pas, allez ! Il est blessé, c'est vrai ; mais je gage qu'avant huit jours il sera en bonne voie de guérison. D'après ce que je vois, la balle n'a entamé que la chair.

Chacun sembla respirer plus à l'aise.

Personne n'avait songé à répondre à l'insulte de Jean, préoccupé qu'on était du blessé.

Depuis un instant, Duras s'était pris à

examiner les figures qui étaient devant lui. En voyant Zéma, un cri allait s'échapper de sa poitrine, quand, aussitôt, il fut comprimé par la vue de Brantony.

— Où suis-je ? murmura-t-il. C'est bien lui ?... C'est bien le baron du Platin ? Il se rappelait sa figure. Comme il a vieilli... pauvre baron !...

Quant à Zéma, Duras ne dit rien sur son compte ; il avait promis de garder le secret, il le fit, et sut toujours se tenir sur une prudente réserve.

Henry, agenouillé près du blessé, semblait tout bas murmurer une prière :

— Pauvre Moïse ! disait-il par moments ; sans moi, tu ne serais pas là...

Un soupir poussé par le blessé prouva que la connaissance lui revenait. Ensuite, on le porta et on l'installa dans la voiture qui avait amené les trois personnages.

Alors, Zéma, se tournant vers Jean et Henry :

— Vous paraissez bien attachés à ce jeune homme, dit-il. Je vous en remercie, messieurs, pour lui d'abord, qui ne peut maintenant vous prouver sa gratitude, mais qui, j'en suis sûr, ne vous oubliera pas. Quant à moi, messieurs, permettez-moi de vous serrer la main, car les véritables amis sont rares; et c'est avec plaisir que je serre les mains de deux cœurs qui venaient et qui auraient pu recueillir les restes de mon pauvre fils.

— Votre fils ! fit Henry, étonné.

Duras, lui, ne fut point surpris ; il connaissait le passé de Zéma.

— Allons, messieurs, partons ! partons ! dit le docteur.

Tous montèrent en voiture, excepté Jean, qui voulut, auparavant, s'informer de l'endroit où l'on emmenait le blessé.

— Où conduisez-vous cette voiture ? dit-il en montrant celle où l'on venait d'installer Moïse.

— Sois sans crainte, dit Brantony, tu viens chez moi, cela doit te suffire !

Jean ne répondit pas ; il s'inclina avec respect, et il monta à côté d'Henry. Il semblait plus à l'aise maintenant qu'il était certain que son ancien maître l'avait reconnu.

XVII

Il est bon de dire comment nos trois aven-
turiers se trouvèrent où nous venons de les
rencontrer. Après l'enlèvement de Rachel, ils
ne perdirent pas de temps, chacun s'appro-
visionna selon ses besoins, et tous ils prirent
passage sur un bateau transatlantique qui les
débarqua à Rio-de-Janeiro.

Ils se firent conduire à l'hôtel des Etrangers, situé calle Rosario. Là, ils commencè-
rent leurs recherches, qui, au début, ne furent
pas fructueuses ; tous leurs efforts n'aboutirent
qu'à l'insuccès.

Alors ils décidèrent de se séparer. Henry
alla se loger calle San-Lourenço, en face de
la caserne d'infanterie et à deux pas du
Théâtre Lyrique. Moïse se rendit à l'hôtel des
Princes. Il était convenu entre eux qu'ils
devaient visiter les églises au moment des
offices. On sait, en effet, que c'est là que, soit
par dévotion, soit pour la forme, se trouve la

foule. Moïse se trouvait le plus embarrassé de tous, car il ne connaissait pas la personne qui était l'objet de si grandes recherches. Jean Duras lui en avait bien donné le signalement, le mieux qu'il lui avait été possible, et, malgré cela, il ne voyait pas de son côté la possibilité d'arriver à un bon dénouement.

— Il ne faut pas nous décourager ; cherchons la foule, toujours la foule, avait dit Duras, et vous verrez, mes enfants, que, pour peu que le hasard nous serve, nous finirons par découvrir Rachel ; mais, en toutes choses, vous le savez comme moi, il faut de la persévérance. Surtout, avait-il ajouté, n'oublions pas que nous devons nous trouver ici tous les jours à midi.

Il fixait ainsi, comme lieu de rendez-vous, l'hôtel des Etrangers.

Il y avait trois jours que Moïse vivait ainsi, quand la soirée fixée par M. Brantony, pour son bal, arriva.

C'est alors M. que Bernardo, voyant Moïse, jeune, beau garçon, ne balança pas à lui offrir une carte que celui-ci accepta avec empressement, non pas avec l'idée de se divertir, mais avec celle de pouvoir, en observant ou bien en causant, obtenir un renseignement quelconque qu'il pourrait, le lendemain, transmettre à ses amis. Hélas ! il était loin, à ce moment, de penser qu'il allait avoir un duel, et que l'issue de ce combat lui ferait connaître une branche de sa famille.

Le lecteur se rappelle que Moïse, avant d'aller à son rendez-vous, avait confié une lettre au garçon d'hôtel avec recommandation de la porter à ses amis. Mais le garçon n'avait pu tenir sa promesse ; il avait compté sans son maître, et, comme dit le proverbe :

« Qui compte sans son maître compte deux fois. »

Or, voici ce qui était arrivé. M. Bernardo était descendu dans la salle du café une demi-heure après la remise de la lettre aux mains du veilleur.

A ce moment, il recommanda à ses employés d'avoir à se transporter chez les fournisseurs de la maison, à seule fin qu'ils vinssent déblayer la salle des objets devenus inutiles, pour que l'on pût remettre tout en ordre. Malheureusement, le garçon, que nous connaissons, se trouva être de la corvée ; alors, il se rappela la recommandation de Moïse, et, pas content d'être payé à l'avance, il se dit :

— Il y aura encore une pièce à toucher ; je ne dirai rien au patron, qui, peut-être, enverrait un autre à ma place. Bah ! je sors, je ne serai probablement pas longtemps : une heure plus tôt, une heure plus tard, il vaut mieux que je m'acquitte moi-même de mon message. Ce qu'il fit.

Aussitôt de retour, il se rendit à l'hôtel des Etrangers, et il remit la lettre à son adresse. En voyant la lettre, Duras se sentit ébranlé par un frisson glacial ; de prime-abord il entrevit un malheur.

— Qui vous a remis cette lettre ?

— Un monsieur qui est logé à l'hôtel des Princes... J'avais promis de vous la remettre à six heures et demie, mais, comme le patron m'a envoyé faire une course, je n'ai pu venir qu'après être arrivé, c'est-à-dire un peu en retard.

Le garçon salua et s'en alla, rageant de ne pas avoir eu une nouvelle pièce. Jean Duras, préoccupé, n'y avait pas même songé.

— Que veut dire cette lettre ? avait-il pensé en l'ouvrant ; il la lut. Voici ce qu'elle contenait :

« Amis,

« Ce billet va vous apprendre que, hier au soir, à la sortie d'un bal qui se donnait à l'hôtel où je suis descendu, j'ai eu la mauvaise chance de gagner un duel. Ce matin, à six heures, je me bats au pistolet : l'endroit choisi est le *Champ des Tombeaux*. D'après le signalement que vous m'avez donné, j'ai cru reconnaître mon adversaire ; si je ne me trompe, c'est le même monsieur qui a enlevé Mlle Rachel.

« Je ne sais si j'aurais la chance du combat ; en attendant ce résultat, je laisse ma vie à la disposition du destin.

« Adieu, mes amis et compagnons de voyage ! si je meurs, ma dernière pensée sera pour vous.

« MOÏSE. »

— Vive Dieu ! s'écria Jean en appelant un garçon d'hôtel, qui passait sur le palier.

Celui-ci arriva.

— Que demande monsieur ?

— Une voiture, vite, vite, vite !

Le garçon descendit. Peu après, Jean Duras le suivit en courant.

Un fiacre venait d'accompagner un voyageur à l'hôtel. Il allait s'en retourner à vide quand Duras parut :

— Peut-on monter ? fit-il.

— Oui, Senor, répondit le cocher.

— Calle San-Lourenço !... hôtel d'Espana !... Je suis pressé, dit Jean en donnant une pièce d'or de dix mibréis (28 fr. 30) au cocher.

Cinq minutes après, la voiture s'arrêtait devant l'hôtel indiqué.

— Attendez-moi, dit Jean au cocher.

Aussitôt, il monta, en courant, à la chambre occupée par Henry. Celui-ci était encore couché.

— Lève-toi vite ! lui dit Jean.

Henry s'habilla à la hâte.

Pendant ce temps, Duras lui expliqua, le mieux et le plus vite possible, de quoi il s'agissait. Puis on remonta en voiture.

— Au *Champ des Tombeaux* ! dit Duras.

— Crève tes chevaux ! ajouta Henry. Nous te les paierons. C'est pour éviter un grand malheur !

Le cocher ne répondit pas, mais, aux mouvements de la voiture, on put s'apercevoir qu'il avait compris.

Un instant après, les chevaux, enveloppés d'un nuage de poussière, volaient sur la route.

Cependant, malgré tous leurs efforts, les deux amis arrivèrent trop tard pour arrêter le sang. On l'a vu.

XVIII

MOÏSE ET MOUNA

A la suite du duel, Duras, Henry et Moïse sont devenus les hôtes de M. Brantony.

— Je suis heureux de te recevoir, a dit celui-ci à Duras ; seulement, je vais te donner un conseil : si tu tiens à rester ici, ne me parle pas du passé ; tout ce que tu sais, garde-le vers toi, car je ne veux nullement entendre parler de cette femme, que j'ai maudite ! Ainsi, tâche de t'en bien souvenir ?... Elle est morte pour moi, bien morte !... Et si jamais, un jour ou l'autre, elle se hasardait à faire une démarche et à m'approcher, ah ! malheur, malheur à elle ! Elle me trouverait implacable, sans pitié.

En parlant ainsi, il roidissait ses bras en l'air.

Cette seule recommandation avait suffi à Duras. Au fait, peu lui importait le souvenir du passé ? Il était heureux ; il avait retrouvé Rachel : celle-ci l'avait complimenté, en présence de son père et de bon nombre d'amis, sur son fidèle dévouement ; il se trouvait satisfait, et il n'en demandait pas davantage.

A cette heure, il est dans le jardin potager ; il tient une bêche à la main, et il paraît prendre grand plaisir à cultiver la terre.

A cent pas de lui, dans l'allée d'orangers, un jeune homme est assis sur un banc ; c'est Moïse. Il est seul et pensif. Le bruit d'un loquet qu'on lève attire son attention. C'est la petite porte placée au fond du parc qui s'ouvre pour laisser passer une jeune fille, Mouna, car c'est elle qui vient d'entrer et qui, après avoir refermé la porte, se dirige vers Moïse.

Celui-ci, en l'apercevant, se lève et marche à sa rencontre, qui a lieu à moitié de l'allée.

— Je ne m'attendais pas à vous voir arriver de ce côté, fit Moïse interpellant la jeune fille. Pourtant, veuillez croire, mademoiselle, que je ne suis pas moins heureux de cette rencontre, d'autant plus que votre présence en ce lieu favorise mes projets.

Puis, il ajouta en montrant un banc.

— Mademoiselle Mouna voudrait-elle avoir

l'amabilité de s'asseoir un instant : j'aurais
deux mots à lui communiquer ?

Elle s'assit.

— Vos projets ? murmura-t-elle.

— Cela vous étonne un peu, n'est-ce pas,
qu'un pauvre convalescent ose vous parler de
projets ?

— Non, mais... auriez-vous déjà l'intention
de nous laisser ? dit-elle vivement.

A la manière dont elle prononça ces mots,
on vit bien que ce départ, si toutefois c'en
était un, ne lui faisait pas plaisir.

Moïse le comprit.

— Depuis deux mois, reprit-il, vous m'avez
traité non comme un étranger, mais comme
un frère ; je ne saurais trop vous exprimer
ma reconnaissance. Moi, qui avais toujours
vécu seul, sans famille, j'étais bien loin d'espérer trouver tant de sympathie dans un pays
qui, alors, m'était complètement inconnu.

Mes deux mois de maladie sont devenus pour
moi deux mois de bonheur ! une révolution
s'est accomplie dans mon âme et m'a laissé un
sentiment que je n'avais pas autrefois.

Autrefois, continua-t-il, je rêvais, j'aimais
l'inconnu ; aujourd'hui, je ne rêve plus, j'aime
avec ardeur, non pas l'invisible, mais l'ange
qui, à chaque instant, se présente devant mes

yeux, l'ange qui, pendant de longues heures, est devenu l'objet inséparable de mon cœur innocent, et froid à tout autre chose. Cet ange, mademoiselle, cet ange, c'est vous ; oui, c'est vous qui m'avez appris à aimer la vie, à aimer tout ce qui est bon sur la terre. Oh ! ayez pitié d'un pauvre convalescent qui, en vous parlant, vous dit tout ce qu'il pense, comme le ferait un enfant... Pardonnez-moi, Mouna, mais je vous aime d'un amour sincère et vrai. Si vous saviez ce que j'ai souffert dans ma jeunesse, et combien de fois mon cœur s'est dit : « Il n'y a donc pas une âme pour répondre à mon âme !... » Ce cœur, cette âme, l'ange rêvé par moi dans mon sommeil inoffensif, je l'ai trouvé ; c'est vous. Oui, c'est vous que j'aime, et c'est à vous que je viens demander : « Mouna, m'aimez-vous aussi sincèrement que je vous aime ? »

Après avoir soulagé son cœur en disant tout ce qu'il pensait, Moïse soupira. Il paraissait patiemment attendre sortir de la bouche de Mouna la parole qui devait changer son avenir.

La jeune fille répondit timidement, non sans émotion, car on vit une certaine rougeur colorer son visage bruni.

— Monsieur Moïse, je ne m'attendais point

à la surprise que vous m'aviez ménagée ; vous comprendrez facilement qu'il m'est difficile de répondre immédiatement à votre demande.

— Pourquoi ? l'amour ne sait-il pas ce qu'il doit faire ?...

Le bruit d'une voiture qui entrait dans l'allée sembla attirer l'attention de Mouna.

— Vous ne me répondez pas ? continua Moïse en prenant la main de Mouna.

Celle-ci, bien qu'elle l'aurait pu, ne lui contesta pas ce droit; tout au contraire, elle abandonna sa main étroite, effilée, comme si elle eût été entraînée malgré elle.

— Pourquoi ?... dites-vous.

— Votre embarras m'étonne, et... peut-être... ai-je parlé trop tard ?

— Non, Moïse ; mon cœur n'a donné, jusqu'à ce jour, place qu'à une seule personne, et cette personne, c'est...

Mouna s'arrêta.

— C'est ? reprit Moïse, impatient de savoir le nom de cet heureux.

— C'est vous !... murmura-t-elle en courbant la tête.

A peine eût-elle dit cela qu'elle retira sa main de celle de Moïse, et qu'elle se leva, invitant ce dernier à l'imiter. Elle venait d'apercevoir, sous le marronnier, Zéma et Brantony, qui se dirigeaient de leur côté.

— Nous venons vous apprendre une nouvelle, dit Brantony en regardant Moïse.

Celui-ci, surpris, cherchait à remettre un peu d'ordre dans ses idées.

Rachel était-elle avec vous, mon père ? s'informa Mouna.

— Non, ma fille, mais elle est rentrée, car je viens de la voir passer au salon.

— Je vais la rejoindre, fit Mouna, en s'éloignant d'un air pensif.

— Enfin, que venez-vous m'apprendre ? questionna Moïse.

— Que j'ai vendu ma propriété de Bélem... le marché est terminé. Puis, je viens d'acheter une maison située calle de la Candelaria (rue de la Chandeleur), où nous allons aller habiter aussitôt qu'elle sera en état de pouvoir nous recevoir. — Les ouvriers sont après, dit Zéma.

— C'est tout ? demanda Moïse.

— Dame ! que vouliez-vous donc qu'on vous apprît, mon cher monsieur, répliqua Brantony. Puis il ajouta : Ce n'est donc rien, que d'apprendre à un Français que son père vient de rendre la liberté à deux cent soixante-dix esclaves !

— La liberté, quelle belle religion quand elle est bien observée, fit Moïse.

Zéma, les yeux braqués sur son fils, cherchait à deviner ce qui se passait en lui.

— Tu n'es plus le même, lui dit-il ; est-ce qu'il te serait arrivé quelque chose ?

— Oui, mon père, et je vous demande bien pardon, ainsi qu'à M. Brantony, de la vilaine manière dont je vous ai répondu. Cependant, j'ai l'espoir que vous me pardonnerez quand vous saurez dans quelle étrange position je me trouve.

— Ah ça ! mon fils, as-tu encore un duel sur les bras ?

— Mieux que cela !

— Vous plaisantez ?... voyons, expliquez-vous, demanda Brantony.

— Un duel au pistolet, il y a chance de se sauver ; mais celui que j'ai, on ne s'en échappe jamais.

— Ne me laisse pas dans l'incertitude ; voyons, mon fils, parle, parle vite : qu'y a-t-il ? te bats-tu ?

— Oui.

— Ah ! mon Dieu, et avec qui ? fit Zéma épouvanté.

— Avec M. Brantony.

— Avec moi ! s'écria celui-ci.

— Oui, monsieur, et c'est en présence de mon père que je vous demande la main de Mlle Mouna ?

Les deux colons ne purent s'empêcher de pousser un éclat de rire.

— Je vous le disais bien, monsieur Brantony, il est temps que mon fils parte de chez vous !

— Et moi, je vous disais bien, aussi, qu'il était trop tard, repartit Brantony, car il y a déjà quelques jours que je connais les sentiments de ma Mouna. Aussi, mon cher Moïse, je le dis devant votre père : Je ne vous souhaite plus qu'une chose, c'est que vous l'aimiez comme je crois qu'elle vous aime ! Tâchez d'être plus heureux en ménage que, jadis, je ne l'ai été moi-même...

Après cet échange de paroles, Moïse s'éloigna dans la direction de la maison, et l'on entendit Brantony dire à Zéma :

— Vous voyez que j'y vois encore clair... Et puisque, maintenant, le mariage est décidé, il faut qu'il s'accomplisse vite... Que voulez-vous ! une fois arrêté, je n'aime pas qu'un mariage traîne en langueur.

— Mon cher monsieur Brantony, répondit Zéma en lui serrant la main, vous ne pouvez pas vous faire une idée de la joie que je ressens de cette union !

.   .   .   .

Huit jours après ce que nous venons de raconter, on remarquait aux abords de N. Senhora de Gloria une foule nombreuse qui se pressait, avide de curiosité. Derrière elle était une longue file de voitures, qui attendaient à la porte. De bouches en bouches, deux noms circulaient : Moïse et Mouna. Ceux-ci, en l'honneur de leur mariage, étaient agenouillés devant la sainte table, ils imploraient d'un même accord, d'une même pensée, les bénédictions de Dieu.

XIX

UNE PROMPTE DÉCISION

Quelques mois se sont écoulés depuis le mariage de Moïse. Zéma a pris possession de sa nouvelle demeure ; les jeunes époux logent avec lui calle Candelaria. Les pauvres du quartier de la villa Brantony ont suivi Mouna comme l'enfant suit la mère qui le chérit. Chaque matin, à la même heure, on la voit, debout sur le seuil de la porte, distribuant ses aumônes aux malheureux qui, en récompense. adressent en sa faveur des prières au ciel !

Henri est resté l'hôte de M. Brantony. Nous le retrouvons sous le berceau de jasmin, il cause avec Rachel, tandis qu'au-dessus de leur tête les oiseaux-mouches et les colibris semblent, en sautillant d'une tige à l'autre,

écouter les douces paroles que peuvent dire
et peuvent comprendre ceux qui aiment ou
qui ont aimé. Cette conversation, souvent
arrêtée par l'admiration que s'attire la personne
aimée, force quelquefois, pour ainsi dire, la
pensée de l'amant à se développer plus hardiment, soit dans un sourire gracieux, soit
aussi dans un regard ardent et passionné.
C'est ce que le lecteur verra plus loin.

— Ma chère Rachel, je vous dirai qu'aujour-
d'hui je vous trouve sombre... vous paraissez
inquiète, dit Henry.

— Ce n'est que de l'inquiétude, mais vous
savez, Henry, quand on a passé sa jeunesse
avec une mère, bien qu'elle n'ait pas été toujours bonne, on ne peut cependant pas se dis-
penser d'y songer, fit Rachel.

— Ah ! je comprends votre pensée... vous
n'avez pas oublié le pays natal ?

— Non, il s'en faut, et, chaque fois que je
pense à la France, à Bordeaux, ah ! tenez, je
ne vous le cache pas, j'ai envie de pleurer. Je
voudrais revoir mon pays, revoir Bordeaux,
revoir ma mère !

Rachel avait les larmes aux yeux.

— Vous avez raison ; moi aussi, j'y pense
quelquefois; quand le soir arrive, je me repré-
sente la rue Mondenard...

— Ne me parlez plus de ce passé.

— Est-ce que cela vous ennuierait?

— Ne le suis-je pas toujours, ennuyée, moi.
Elle devint pensive.

— Autrefois, vous n'étiez pas ainsi!

— Je le sais bien... mais on change dans
la vie.

— Que voulez-vous dire?

— Que je ne me sens plus la même...

— C'est vrai, et je commence à m'apercevoir que le temps n'est plus où, allant et venant dans la rue Mondenard, en attendant que
la porte me fût ouverte, les yeux fixés sur votre
fenêtre, je regardais si je voyais passer derrière le rideau votre ombre, rien que votre
ombre, et, ensuite, mon attente me paraissait
plus calme... puis, la porte s'ouvrait, je péné-
trais d'un pas mal assuré dans la maison; je
montais l'escalier, que le poids de mon corps
faisait crier, et ce bruit me faisait frémir, car
je craignais qu'il n'éveillât votre mère. Tout-
à-coup, la lumière de votre chambre s'éteignait,
et aussitôt je sentais une main douce et par-
fumée s'emparer de la mienne et me conduire
au milieu de la chambre; alors, vous refermiez
la porte, et la bougie était de nouveau allumée.
Assis l'un à côté de l'autre, continua Henry,
nous causions ensemble, non pas du passé,

mais de l'avenir : rappelez-vous ces longues soirées d'hiver où, les yeux fixés sur la pendule, nous regardions ensemble les aiguilles, qui semblaient glisser trop vivement sur le cadran poli. Le temps nous avait paru bien court à l'un et à l'autre, quand la pendule nous faisait entendre, de son timbre sensible, l'heure de la séparation... Hélas ! vous avez oublié tout cela, et le sol étranger a bien refroidi votre cœur.

— Pourquoi retracer ce passé ? fit Rachel. Est-ce un reproche ?

— Non, ce n'est pas un reproche, mais si vous saviez combien je serais heureux si nous étions mariés. Voyez Mouna et Moïse : on dirait que le bonheur les suit partout. Il me semble qu'il en serait de même pour nous.

— Vous allez bien vite, lui dit Rachel.

— Mais pas trop, n'est-ce pas ?... Dieu, en nous créant, nous a donné un cœur, et ce cœur n'est-il pas pour aimer ?

Rachel resta muette, pensive.

— Méchante, reprit doucement Henry, que vous ai-je fait pour vous attrister. Ah ! pardonnez-moi, mais, quand je vous vois ainsi, j'ai peur ! oui, j'ai peur !.. il me semble qu'à chaque instant je doive entendre sortir de votre bouche le mot qui doit m'arracher le bonheur que tant de fois j'ai rêvé !

— Oh ! Henry, comme vous paraissez exalté aujourd'hui... qu'avez-vous ?

— Vous avez donc oublié ce que je vous ai dit si souvent ?... Hélas ! je ne le vois que trop ; puisque vous ne comprenez plus que cette exaltation c'est de l'amour... O Rachel ! si vous saviez combien je vous aime ! si vous saviez avec quel désir, du jour où vous avez traversé cette immense vallée, mon âme a suivi votre âme. Mes amis étaient remplis de dévouement pour atteindre une victime, tandis que, moi, je suivais ma destinée, qui paraissait attachée sans cesse à vos pas.

Ah ! ma Rachel bien aimée ! à vous ma vie entière ! à vous mon cœur qui vous aime et vous adore ! Oui ! je vous aime ! Je suis sincère; et voyez maintenant, à vos pieds, celui qui ne voit plus en vous que son avenir et son bonheur !

Henry tomba à genoux devant Rachel et il lui prit les mains.

Celle-ci les retira en disant sévèrement:

— Relevez-vous ! si quelqu'un venait !

— Oh ! non !... laissez-moi encore !... je suis si heureux près de vous... à vos genoux !... dit-il d'une voix tremblante.

— Oh ! Henry, levez-vous ! on vient, et par vous je vais être compromise !

— Peu m'importe le monde ! répliqua Henry en jetant à Rachel un regard enflammé.

— Pour vous, c'est possible, mais non pour moi ; je vous le répète : levez-vous ou je pars.

Le jeune homme se leva, et, presque honteux de se voir ainsi traité, il s'adossa à un des montants du berceau. Une douleur véritable semblait altérer sa voix.

— A vous entendre, on croirait que vous allez vous marier demain, ajouta Rachel d'une voix presque railleuse.

— Comme vous me dites cela, fit Henry. Depuis bientôt un an que vous repoussez, de jour en jour, l'époque de notre mariage, et que vous paraissez me donner votre amour sans arrière-pensée, il m'a fallu la journée d'aujourd'hui pour comprendre qu'il y avait en vous non la femme qui aime, mais la femme qui sait faire souffrir. Ah ! vous me faites payer bien cruellement le bonheur que vos paroles m'ont prodigué par moments.

— J'ignorais qu'en vous parlant ainsi j'allais vous faire de la peine.

— Ah ! mademoiselle, on est si heureux quand on aime et qu'on peut épancher son cœur !

— Vous m'aimez donc bien ?

— Pouvez-vous me demander si je vous aime ? moi qui vous l'ai dit tant de fois. Ces quelques paroles de Rachel semblèrent ranimer Henry. Croyez-vous, continua-t-il, que si je n'avais pas été entraîné par cette douce idée qu'on appelle l'amour, j'aurais consenti à vous rejoindre ?... quelle raison me forçait d'abandonner mon pays, que j'aimais, si ce n'est encore cet amour ! loin de vous pouvais-je être heureux ?... non, c'était pour moi une chose impossible; à tout prix il me fallait vous revoir, ou mourir comme un malheureux désespéré.

— Si je vous disais : Monsieur Henry, je ne vous crois pas, que diriez-vous ?

— Je vous répondrais : c'est que vous ne m'aimez pas ; et ce bonheur, qui tant de fois m'est venu à la pensée, s'évanouirait comme un nuage de fumée, laissant mon cœur brisé et meurtri. Mais j'ose espérer qu'il n'en sera pas ainsi, et vous m'accorderez une de ces bonnes paroles comme vous m'en avez dit quelquefois ?

— Rachel, dont le caractère altier voulait dominer sur tout, avait hérité de l'opiniâtreté de sa mère; aussi faisait-elle souffrir parfois ceux-là même qu'elle aimait. Heureusement, en compensation de ces dons originaux, elle

avait reçu de son père un bien doux héritage,
la bonté : par là, elle guérissait toujours, le
lendemain, la blessure qu'elle avait faite la
veille. Aussi, sûre d'obtenir un pardon, elle
continuait son œuvre, œuvre qui blesse l'amour-
propre et très souvent afflige fortement le
cœur.

Nous l'avons vue dans la chambre de l'*Artézia* blâmer, vexer Zéma, et ensuite, quand elle
apprit l'acte courageux qu'il venait d'accomplir
en se jetant au secours du pauvre marin, le
faire appeler, lui faire des éloges et se mettre
avec plus de confiance sous sa protection. Plus
loin, nous la trouvons en présence de son
père, qu'elle torture par ses questions et ses
doutes trop longtemps prolongés.

Maintenant elle est là, en présence d'un jeune
homme dont les démarches seules devraient
lui prouver qu'il lui est bien attaché, car, s'il
reste dans ce pays, c'est uniquement parce que
l'amour le retient auprès d'elle. Mais elle semble ne pas s'apercevoir de cela ; son cœur est
muet. Elle ne répond à Henry qu'un mot, et
encore le dit-elle avec son insouciance habi-
tuelle.

— Peut-être ! dit-elle.

— Voilà donc ce que vous me répondez, à
moi qui me suis livré, à moi qui, pour un mot

de vous, un sourire, aurais sacrifié ma religion et mon Dieu !

— Qu'est ce que cela peut me faire ? fit-elle avec un mouvement d'épaules.

Cette réponse atteignit Henry au cœur.

— Mademoiselle, dit-il, en étendant le bras vers Rachel, le soleil de demain ne verra pas Henry de Blonssin à vos pieds comme un esclave !

— Pourquoi donc ?

— Je pars.

— Vous avez eu bientôt pris votre résolution. mais j'espère bien que vous réfléchirez.

— Mes réflexions sont faites, et, puisque mon amour vous parait insensé, j'irai cacher ma joie ou ma douleur dans un autre pays.

— Bah ! bah ! fit Rachel d'un air incrédule. D'ici demain il y a une nuit à passer, et, vous le savez, la nuit est une sage conseillère.

— C'est possible !... En attendant, j'entre ce soir à l'Hôtel des Etrangers. Maintenant il me reste à remercier M. Brantony des bons égards qu'il a eus pour moi.

Henry prononça ces dernières paroles d'un ton ferme et résolu. Ceci dit, il salua mademoiselle Rachel et sortit, se dirigeant vers le centre de la ville et laissant ainsi la jeune fille seule, en proie à de profondes réflexions.

XX

UNE VISITE INATTENDUE

Il est onze heures du soir. La villa Brantony,
ordinairement bruyante jusqu'à minuit, est
plongée dans le silence. Tout le monde semble dormir, à l'exception du propriétaire, qui
se promène dans le jardin potager ; il longe le
mur de clôture. Pourquoi n'est-il donc pas
rentré comme tout le monde ? Il paraît inquiet ;
il parle même.

— Oh ! dit-il. Ce jeune homme, parti ce soir,
ne confiant le secret de son départ qu'à moi
seul, pas même à ses amis, que peut-il donc
lui être arrivé pour le forcer à quitter ses camarades ! Se serait-il fâché avec Rachel ? Pourtant, elle ne m'en a rien dit... Oh ! si je savais...
qui sait... cela ne se peut !... Quand on s'aime,

on ne s'en va pas si vite, et ma fille, j'en suis certain, me l'aurait dit. Quant à lui, il m'a probablement raconté un mensonge et je gagerais qu'il n'a pas plus besoin de se rendre en France qu'il n'a besoin de se rendre en Angleterre.

Il en était là de ses conjectures, quand tout-à-coup son regard fut attiré, par je ne sais quel bruit, vers l'allée d'orangers ; alors il aperçoit, à une assez longue distance, se dessinant dans l'ombre de la nuit, la silhouette d'un personnage enveloppé dans un long manteau ; il ne peut donc pas distinguer si c'est un homme ou une femme. Surpris de se voir en compagnie, Brantony se demande s'il ne rêve pas ; il s'en assure en s'élançant avec précaution à la poursuite de l'inconnu, qui s'enfuit à son approche.

Celui-ci marchait doucement, mais, aussitôt qu'il fut un peu loin de la maison, il força le pas. Brantony ne le perdit pas de vue.

Le personnage arrivait près de la porte, qui est située au fond du parc ; il l'ouvre.

Brantony court, mais avant qu'il ne soit arrivé jusque-là, la porte est refermée en dehors et à clef.

— Misérable ! s'écrie-t-il furieux ; je te connaîtrai.

Aussitôt, il retourne sur ses pas et il se di-

rige, en contournant la propriété, vers la porte
derrière laquelle le personnage a disparu.
Rendu là, il écoute, mais il n'entend rien, si
ce n'est le murmure de quelques perroquets
endormis dans le parc, et réveillés en sursaut.
Brantony s'arrête; il s'essuie le visage, baigné
de sueur. Soudain, une idée lui traverse l'esprit. Il pense à sa fille !... Et il rentre à la
villa. Mandri, qui a entendu le bruit que le
portail en fer a fait quand Brantony est sorti,
s'est levé, et il est sur la porte quand son maître rentre; il veut lui parler, mais celui-ci,
sans lui répondre, passe sous la tonnelle, et
rentre chez lui. Alors, s'emparant d'un flambeau qu'il vient d'allumer, il monte au premier
étage, où se trouve la chambre de Rachel.

Il frappe à la porte. Personne ne répond.
Il ouvre... Oh! terreur !... l'appartement est
vide.

— Malheureuse enfant !... Malheureuse enfant !... s'écrie-t-il, des larmes plein les yeux.

Il descend doucement pour n'éveiller personne: A peine est-il au bas de l'escalier qu'il
se trouve face à face avec Moune. Celle-ci, ne
le voyant pas rentrer, n'avait pu se résoudre à
s'endormir ; aussitôt qu'elle avait entendu des
pas, elle était sortie de sa chambre et elle avait

attendu que son mari devant Dieu fût descendu.

— Qu'avez-vous, maître ? lui demanda-t-elle. Et pourquoi ne venez-vous pas vous coucher ?

— Je vais revenir, va-t-en, va-t-en ;... couche-toi ; il est tard...

Et, tout en parlant, il s'éloigna d'elle, mais celle-ci fit un pas de plus, le rejoignit, et, après l'avoir embrassé, elle se retira dans sa chambre.

Brantony sortit. Il appela Mandri ; celui-ci n'était pas encore recouché.

— Dis-moi ? fit-il.

— J'écoute.

— Réveille Carlin, Vestant et Lanos ; surtout, pas de bruit et pressons-nous.

— Mandri, dit-il, tu vas te promener sur le quai de Vallongo : devant toi tu verras le paquebot le *Néonidius*, en partance pour Marseille ; tu remarqueras bien tous ceux qui prendront passage à bord ; si tu y voyais ta maitresse Rachel, seule ou en compagnie, devrais-tu te faire tuer, il faut, à quelque prix que ce soit, que tu me la ramènes. Le paquebot ne doit prendre la mer que demain matin à dix heures. Ne rentres pas avant, à moins de nouvel ordre. Tu m'as compris ?

— Oui, maître ! répondit Mandri, et il sortit en murmurant : « Me faire tuer ! oh ! recodo de bayo ! » (gare dessous !).

Lanos eut son poste devant l'embarcadère du chemin de fer de D. Pédro II.

Vestant devait stationner devant les bureaux des omnibus qui font un service quotidien entre Rio-de-Janeiro et Nitheroy.

Il ne restait donc plus que Carlin, à qui Brantony dit :

— Suis-moi !

Carlin obéit.

Ils sortirent pour se rendre de ce pas devant l'hôtel de France, situé calle do Cano.

— Tu vois cet établissement ? dit Brantony à Carlin.

— Oui, maître.

— Comprends bien ce que je vais te dire :

Carlin sembla prêter toute son attention.

— Tu vas directement aller demander au maître d'hôtel si, par hasard, une personne enveloppée dans un grand manteau ne serait pas venue demander un nommé M. Henry. Aussitôt, tu viendras me porter la réponse qu'on t'aura faite. Je t'attends ici.

— Mais, fit-il, si on me dit qu'on ne l'a pas vue.

— Tu reviendras de suite, parbleu !

Carlin se dirigea vers l'endroit indiqué par son maître.

Un instant après, il revint en courant :

— On ne connaît pas ce monsieur, dit-il, puis il ajouta : le garçon m'a dit qu'il n'était entré personne pour loger à l'hôtel depuis ce matin.

— Bien ! fit Brantony en se dirigeant calle Rosario.

Arrivé là, il dit à Carlin :

— Maintenant, à ton tour de faire les cent pas devant cet hôtel ; tu ne sortiras de là que lorsque je te le dirai.

Le valet tourna le dos, et il se mit à aller et venir devant l'hôtel des Etrangers.

— Voyons un peu si je saurai m'y prendre, pensa Brantony.

Il traversa la rue et entra à l'hôtel. Le veilleur de nuit était assis dans un coin du vestibule, sur des caisses de voyageurs.

— Avez-vous une chambre ? lui demanda Brantony.

— Non, monsieur, répondit le garçon ; l'hôtel est plein ; il n'y aura de chambres vides que demain matin, sur les neuf ou dix heures, car nous avons pas mal de voyageurs qui doivent s'embarquer à bord d'un paquebot qui part pour la France... Mais!... pardon, il me semble que je connais monsieur?

— Cela se peut, mon ami, répondit Brantony, heureux d'entrer en conversation.

— Est-ce que monsieur n'est pas le propriétaire de la villa Brantony?

— Vous ne vous trompez pas, c'est bien moi, fit-il, surpris lui aussi.

— Il me semblait bien, car votre figure n'est pas de celles qu'on oublie.

— Pourquoi me dites-vous ça?

— Parce que je me rappelle qu'un soir, sur les escaliers de l'hospice de Jérusalem, un jeune homme était tombé plutôt qu'assis, il se mourait de faim. Vous vîntes à passer, et, plutôt que de frapper à la porte de l'hospice, vous le fîtes monter dans votre voiture; ensuite, vous allâtes le déposer à la Béringela, petit hôtel de la calle Dolniante. Là ne s'arrêtèrent pas vos bontés; vous lui donnâtes une pièce d'or de la valeur de dix mébreis (28 fr. 30). Et vous avez sans doute acquitté le montant de ses dépenses, puisque le maître d'hôtel ne lui a jamais demandé d'argent. Je puis vous en parler savamment, car c'est moi qui, sans vous, serais mort de faim!

— Ce que vous racontez là n'est rien... Mais vous auriez bien dû venir me voir?

14

— J'y serais allé, monsieur ; je voulais vous remercier et vous dire toute ma reconnaissance ; je me suis même avancé jusqu'à la porte de la grille, mais, une fois là, je n'ai pas osé.

— Et pourquoi ?

— Parce que je suis pauvre, monsieur !

Tout en parlant, le jeune homme paraissait heureux d'exprimer sa vive gratitude.

Brantony, comme nous savons, était préoccupé d'autres choses : il pensait à sa fille.

— Nous parlerons de ça un autre jour, dit-il, et, si vous pouviez pour le moment me donner un petit renseignement, je vous serais bien obligé ?

— Demandez, et, si c'est possible, je suis tout entier à votre service.

— Dites-moi : n'y a-t-il pas ici, logé à l'hôtel, un jeune homme nommé Henry de Blonssin ?

— Pardon ! fit le veilleur, il est entré à huit heures et je ne l'ai pas vu sortir.

— Dans la soirée, est-ce que quelqu'un ne serait pas venu le demander ?

Le garçon répondit aussitôt :

— Il y a un instant, une personne, enveloppée dans un manteau, et la figure couverte d'un voile épais, est venue s'enquérir de lui...

Je crois bien que c'est une jeune femme ; j'ai
connu cela à sa voix : elle parle français.

— Qu'est devenue cette femme ?

— Je l'ai conduite à la chambre de ce monsieur.

Cette réponse fit froncer les sourcils à Brantony.

— Est-ce qu'il y aurait moyen d'entendre ce
qui se dit dans cette chambre... sans être vu ?

— Rien de plus facile, étant dans la chambre
à côté, qui est celle du comptable.

— C'est un vilain procédé, pensa Brantony ;
cependant je ne peux pourtant pas aller frapper
à cette porte sans savoir si c'est ma fille qui
est là. Je m'en doute bien, mais, si je m'en
doute, c'est que je n'en suis pas sûr. Il ajouta,
en regardant le veilleur : Mais, le comptable ?

— Il est à Bahia ; il ne sera ici que dans
trois jours.

— Je me demande comment nous pourrons
entendre ?

— Rien n'est plus facile ; la chambre du
comptable est séparée de celle dont nous parlons par une cloison en planches très épaisse ;
dans la chambre de ce monsieur on a construit
une fausse cheminée, devant laquelle on a
placé un cadre en bois couvert d'une toile. En
levant un bout de planche, coupé à cet effet

dans la cloison, on pénètre dans le foyer, et l'on peut voir tout ce qui se passe et entendre tout ce qui peut se dire dans la chambre voisine, d'autant plus que la toile qui est devant la cheminée n'est pas mal râpée, ajouta le garçon.

— Mais tu feras du bruit pour enlever cette planche ?

— Pas le moins du monde, soyez sans inquiétude ; ce n'est pas la première fois que le comptable la sort et ensuite la remet. Pendant deux années il a eu sa maîtresse qui logeait dans la chambre dont nous parlons ; de sorte que, par ce petit passage, ils pouvaient se procurer de doux moments de consolations, dit malignement le garçon.

Brantony se trouva sans doute assez renseigné, car il dit au veilleur :

— Très bien !... accompagne-moi !

XXI

Nous avons laissé le personnage au moment
où il ferme au nez de Brantony la porte du
parc. A la précipitation qu'il y met on comprend facilement qu'il vient de s'apercevoir
qu'il est suivi ; aussi il ne perd pas de temps,
il marche vite et contourne la propriété, en
passant du côté de la ville ; à peine a-t-il encore
quarante pas à faire pour atteindre la calle
Padreira, qu'il voit un homme venir à grands
pas vers lui. Le personnage se trouve à ce
moment devant une petite maison en construc-
tion ; il reconnaît sans doute le piéton, car,
pour se dérober à lui, il enjambe lestement les
matériaux et se blottit derrière ; il reste caché
ainsi jusqu'au moment où il croit le piéton assez loin pour reprendre sa course. Il allait sortir quand un bruit de pas se fait entendre ;
c'est le piéton qui retourne, en courant à toutes jambes. Un moment s'écoule ; le personnage

prête l'oreille, et, après avoir compris qu'il
était seul, il se dégage de ces décombres, et il
continue son chemin à travers les rues de la
ville.

Haletant, il arrive calle Rosario ; il cherche
l'hôtel des Etrangers, qu'il trouve facilement.

Il entre et demande :

— Le comte Henry de Blonssin ?

Un garçon le conduit à la chambre de ce
dernier.

Le personnage voilé, ou plutôt la dame, (car
maintenant il était facile, à la faveur de la lumière, de reconnaître, à son costume et à sa
voix, une personne du sexe féminin), ouvre
et entre sans frapper, et, se retournant aussitôt, elle ferme la porte derrière elle.

Henry était assis, il avait la tête appuyée sur
le bord de son lit ; peut-être pensait-il à la
scène qui s'était passée quelques heures auparavant, dans le berceau de jasmin.

— Je gage que, ce soir, vous ne m'attendiez pas, Monsieur le Comte ? dit d'une voix
résignée la dame, en se croisant les bras sur
la poitrine.

Surpris, Henry se lève et répond en s'inclinant avec respect :

— Je n'attendais personne, Madame.

— C'est pour cela qu'avant votre départ j'ai voulu vous ménager cette surprise.

— Est-ce qu'il y aurait de l'indiscrétion à demander votre nom.

Henry était tellement troublé qu'il se disait à lui-même, sans cependant supposer qui elle pouvait être:

— Il me semble pourtant que je connais cette voix.

— Non et oui : non, si vous devez être discret ; oui, si vous devez faire le contraire ?

— Après ces paroles, Henry devint plus ferme ; on vit qu'il n'était pas d'humeur à rire, aussi alla-t-il droit à la porte, et, l'ouvrant toute grande, il la montra en disant :

— Madame, quand on n'a pas confiance dans une personne, on ne va pas la trouver pour lui confier des secrets... On reste chez soi.

— Tiens, tiens, comme vous êtes devenu sévère, comte ! fit la dame, mais c'est inutile : vous pouvez fermer votre porte, car je n'ai nullement envie de partir comme ça. Ainsi, mon ami, je vous le répète : « Fermez ! » Et elle s'assit tranquillement dans un fauteuil, approcha un siège et continua, en le montrant à Henry : « Venez vous mettre là, à côté de moi ; je pense bien que vous n'avez pas peur ? »

— Non, madame, et dans la crainte que

vous ayez plus peur que moi, je pousse la
porte sans la fermer à clef ; de cette façon vous
serez libre de sortir quand il vous plaira.

Le jeune homme s'assit.

— Très bien ! dit la dame ; comme ça, vous
êtes donc bien décidé à partir demain ?

— Vous le dites, madame.

— Eh bien ! moi, je viens vous dire que...
vous... ne... par... ti... rez... pas !

— Et moi, je vous réponds : « Ma place est
arrêtée ; je partirai ! »

— Arrêtée ou non, je vous assure que je réponds de ce que j'avance.

— Nous verrons ça !

— C'est le mot, nous verrons, répéta la
dame.

— Somme toute, qui êtes-vous, madame,
pour me parler ainsi ? fit Henry avec une certaine nuance d'impatience.

— J'ai donc étouffé votre cœur ? répondit
la dame en levant son voile.

— Rachel ! ! !

— Oui ! Rachel !... Cela vous étonne ! Rachel, qui vient vous dire que, si vous partez,
elle part avec vous !

— Ciel ! c'est impossible !

— Possible ou non, voilà pourquoi je suis
venue !

— En croirai-je mes yeux ?

A ce moment, M. Brantony venait de si bien se placer dans la cheminée qu'il pouvait, sans crainte d'être vu, voir et entendre la conversation ; aussi pensa-t-il : « Ecoutons ? »

Tout-à-coup, en reconnaissant sa fille, il ne put retenir un cri ; il craignit que ce cri l'eût fait découvrir, mais les deux amants étaient trop absorbés par leurs pensées : ils n'y firent pas attention.

Un instant, Brantony voulut se retirer ; il avait honte de se voir dans une pareille position. Mais cependant, pensa-t-il, s'il le fallait, je serais toujours à temps de me montrer ; voyons un peu si ce jeune homme n'est pas un traître, et s'il n'est pas complice de ma fille.

Confiant dans cette idée d'éclaircissement, il se contint et devint tout oreilles.

—Vos yeux ne vous trompent pas ; donc, puisqu'il n'y a pas de temps à perdre, je vais être sans arrière-pensée avec vous. Je vous aimais ou plutôt je vous estimais, comme vous voudrez ; enfin, je vous aimais comme on aime un ami, comme on aime un frère, qui, le soir, rend une visite à sa sœur. Cette amitié, pour moi, n'était pas de l'amour ; c'était de l'estime, et si, parfois, il m'arrivait de chercher, guidé par je ne sais quelle idée, votre société, c'est que je m'étais aperçue que cela vous faisait plaisir. Pourquoi prenais-je plaisir aussi à être avec vous, je l'ignorais alors ; à cette heure je le sais. Ah ! cher Henry, que cela ne vous blesse point, je suis venue pour vous dire toute ma pensée ; quelle qu'elle soit et quelle que vous la trouviez, soyez indulgent !... vous qui êtes si bon, si généreux !... Vous l'avez montré aujourd'hui encore, ce matin, ce soir, sous cet ombrage de fleurs innocentes qui attendrissaient votre cœur, et, hélas ! semblaient endurcir le mien... Ce n'est que lorsque je vous ai vu partir, que j'ai vu sur vos lèvres le sourire désespéré de l'amant qui aime et qui n'est pas aimé, que j'ai senti en moi le réveil de mon cœur endormi ; tout d'abord j'ai éprouvé un éblouissement ; puis je m'adressai des reproches, pleurant, cherchant dans ma douleur quelle pouvait être la cause de mes larmes... Alors, un mot me vint à l'idée : Amour !... amour sans borne,... et, vous le voyez bien, je n'ai pas craint, à cette heure avancée, de laisser la villa pour arriver jusqu'à vous... Maintenant, Henry, que puis-je faire pour obtenir votre pardon ?... dites, dites vite, je vous implore à mains jointes, je suis prête à subir tous vos reproches, je les ai mérités, j'ai été méchante, je le reconnais, mais ne suis-je pas

excusable, voyez ma démarche ? Je vous le
répète, pardonnez-moi, car je ne veux plus
vous laisser, et c'est à mon tour de vous dire :
« Henry, je vous aime ! » et, dûssiez-vous me
traîner dans cette fange honteuse qui fait mépriser la femme, je ne vous abandonne plus
d'un pas !

Rachel s'arrêta, épuisée. Malheureuse fille,
qui se livrait comme une proie aux flèches
empoisonnées de l'amour. C'est alors qu'un
autre que Henry aurait pensé à se venger du
mal qu'elle lui avait fait, mais lui, fils du hasard, il connaissait les souffrances de sa mère,
il n'avait pas intention de faillir à ce que nous
avons de plus cher, à l'honneur !

Elle est folle ! se dit-il, ou bien c'est moi qui
suis fou !

Puis, il ajouta avec commisération :

— Mais, mademoiselle, vous n'y pensez
plus... votre père, que dira-t-il ? Votre sœur
et mon pauvre ami Moïse, à qui je n'ai pas
seulement dit adieu, de crainte qu'il ne cher-
chât à me faire revenir sur ma décision, que
pourront-ils supposer ?

— Ah ! vous me parlez de mon père ! vous
avez raison : il était si bon pour moi ; avec
lui, tous mes désirs, grands ou petits, étaient
satisfaits, et, lâche, je viens de le trahir ; il me

cherche ; je l'ai vu rue Padreira, courant
comme un désespéré. A sa vue, je me suis ca-
chée ; j'avais peur qu'il ne devint un obstacle
à ma fuite, et mon cœur ne m'a pas dit : « Rachel, ton père te cherche, appelle ! appelle-
le ! »... Non, mon cœur ne m'a pas dit cela, il
est resté impassible, pour ne plus penser qu'à
toi. Je comprends que je suis une misérable
de ne pas, aussitôt ton départ, avoir eu le courage de tout lui dire... Quand j'y ai songé, il
était trop tard !...

Puis, s'arrêtant, elle regarda le jeune homme
et reprit :

— D'où vient donc ce silence ? Est-ce qu'une
heure de séparation aurait refroidi ton cœur
bouillant d'ivresse ?

— Non, ma Rachel bien aimée ! dit Henry
en lui serrant les mains.

— Eh bien ! alors, parle-moi !

— O Rachel, laisse-moi ;... fuis,... je te
reverrai... Mais parts, il est temps !... Je ne
veux pas qu'il soit dit que Henry Blonssin
est un lâche ! Je le serais doublement, car
j'aurais trompé l'ami sincère qui m'a reçu
dans sa maison.

La jeune fille réfléchit et répondit :

— Eh bien ! je m'en vais ; mais, avant, dis-
moi, ou, plutôt, promets-moi que tu ne partiras

pas demain ? Oh ! mon Henry, redis-moi encore,comme cette après-midi : « Je t'aime ! »

Elle le contemplait avec ivresse, cherchant encore dans ses yeux ce mot d'amour qui se voit sans qu'il soit prononcé : « Je t'aime ! »

— Je cède ! dit à son tour Henry ; ton amour me fait oublier mes projets nouveaux ; demain, je verrai M. Brantony ; alors, tout en lui racontant quel était le vrai motif de mon départ, je lui demanderai loyalement ta main...

— Combien la nuit va me paraître longue !... Il faut donc que je traverse encore la ville seule, fit-elle tristement... j'ai peur, il est si tard !... si tu voulais venir m'accompagner !...

Henry allait répondre, quand on frappa à la porte ; aussitôt celle-ci s'ouvrit et M. Brantony entra :

— Bonsoir ! monsieur de Blonssin, dit-il en regardant le jeune homme, qui paraissait tout confus et surpris de cette visite inattendue. Et sans faire la moindre attention à sa fille, qui venait, à sa vue, de jeter un cri en tournant la tête du côté opposé, il continua :

— Quand une personne est restée chez moi quelque temps il m'est toujours pénible de la voir partir ; on s'attache aux amis de ses amis ; aussi est-ce pour cela que j'ai voulu, avant votre départ, venir vous serrer la main.

— Je serais vivement touché de votre bon souvenir à mon égard, si j'avais la conviction que vous vinssiez pour cela ; mais comme une autre chose, monsieur, vous amène ici, je ne saurais accéder à votre demande. Du reste, ma conscience d'honnête homme me le reprocherait. Il m'est donc impossible de vous donner une poignée de main.

— Pourquoi cela ? dit Brantony.

— Parce que je sais que vous cherchez votre fille, que voici.

Henry s'effaça, et montra de la main Rachel interdite.

— Tiens !... c'est !... ah ! par exemple !... voilà qui est curieux !... fit Brantony voulant jouer la surprise.

Hélas ! les battements de son cœur bouleversaient sa figure, et l'on comprenait bien l'effort qu'il faisait pour contenir sa douleur et ses larmes.

Rachel ne se retourna pas ; elle n'osait regarder son père en face.

— Maintenant, monsieur, dit Henry, je n'irai chercher aucun détour. Je voulais vous laisser parce que j'aime mademoiselle Rachel. Après lui avoir communiqué ma pensée, croyant que son affection ne pouvait pas sympathiser avec la mienne, j'avais pris le parti de

retourner en France ; et, ce soir, au moment
où je me croyais oublié pour toujours de celle
que j'aimais, je l'ai vue entrer ici. Je ne vous
en dirai pas davantage ; seulement, je devais,
demain, me rendre chez vous ; mais, puisque
le hasard vous a conduit dans cette chambre,
permettez-moi de vous demander une faveur,
— celle de devenir votre gendre, — car j'aime
mademoiselle Rachel... Je vous supplie donc
de m'accorder sa main.

Brantony avait écouté Henry avec attention.
Il ne lui répondit pas. Il s'avança vers sa
fille :

— Rachel ! dit-il.

— Mon père !... fit la jeune fille en tombant
à ses genoux. Pardonne-moi ma faute !... si tu
pouvais savoir combien je l'aime.

— C'est mal, ma fille, très mal, d'avoir agi
ainsi ! dit sévèrement Brantony. Mais, enfin,
ayant été témoin de la loyauté avec laquelle M.
le comte Henry de Blonssin a agi envers toi,
je ne puis repousser sa demande.

Et, aussitôt, il tendit une main à Henry,
que cette fois celui-ci s'empressa d'accepter,
et l'autre à Rachel ; puis il ajouta, en les regardant tous deux :

— Vous avez un titre, mes enfants ! moi je
ne pourrais vous en donner. J'en avais un,

autrefois, mais il a fait comme beaucoup de
choses ; il s'est consumé, dégradé, ou, plutôt,
on me l'a dégradé, ce qui fait qu'aujourd'hui
je préfère porter un simple nom, tout aussi
respectable qu'un nom armorié.

Ainsi donc, sachez bien que le plus beau de
tous les titres, aux yeux de l'Être suprême
comme aux yeux de tous les honnêtes gens,
c'est l'honneur. Pauvre, avec l'honneur, vous
êtes riche ; riche, sans honneur, vous êtes bien
pauvre,... plus pauvre que le dernier des misérables !... Je suppose que vous m'avez compris. Ainsi, demain, par devant notaire, la
seule chose que je puisse faire, c'est de vous
compter cinq cent mille francs, comme, du
reste, je les ai déjà comptés à Mouna, votre
sœur et belle-sœur. Avec cela, je vous souhaite d'être heureux.

Ainsi, mes enfants, continua Brantony, vous
êtes, sous mes yeux, unis par la pensée : j'ai
entendu tout ce qui s'est passé dans cette
chambre depuis une heure. Quant à toi, Rachel, il ne fallait pas croire que tu aurais pé-
nétré dans le navire en partance ! .. Sache
bien qu'à cette heure mes noirs sont tous sur
pied ; ils veillent à tous les principaux départs,
avec ordre de ne revenir que lorsque tu serais
retrouvée, et tu sais s'ils me sont dévoués !...

Enfin, passons! Quant à vous, ajouta-t-il en fixant le jeune homme, vous allez rentrer à la villa. Hier, vous y aviez une place; aujourd'hui, elle y est encore! Et demain, dans l'église de N. Senhora de Gloria, à l'égal de votre sœur, le prêtre Don Pascal bénira votre union.

Après ces paroles, qui mettaient la joie au cœur des deux amants, Henry saisit la main de M. Brantony, et il la serra avec une vive reconnaissance.

Rachel, heureuse alors, sauta au cou de ce dernier, en lui disant :

— Tu m'as pardonné, mon père?... Merci!... Merci!... et elle couvrit son front de baisers.

Après cette scène émouvante, qui augmentait la famille de M. Brantony, nos trois personnages descendirent de la chambre. Arrivé au pied de l'escalier, Brantony rencontra le garçon qui l'avait introduit un instant auparavant, et il lui mit une pièce d'or à la main.

Aussitôt, ils sortirent de l'hôtel. Quand ils arrivèrent à la villa, avant de reprendre leurs chambres habituelles, les deux fiancés trouvèrent le moyen de se glisser dans l'ombre, et là, à la dérobée, avec la nuit seule pour témoin, ils se donnèrent un tendre baiser.

15

XXII

L'ASSASSIN

Quelques jours après le mariage de Rachel avec Henry de Blonssin, un matin, Moïse et Zéma, le fusil en bandoulière, et montés chacun sur un cheval bai brun, cheminaient tranquillement, côte à côte, sur la route qui conduit, en sortant de Rio-de-Janeiro, par le sud de la ville, à la *Grande-Cabana* (Cabane) petit hameau situé dans l'intérieur des terres, à dix-sept kilomètres de la capitale du Brésil. Après avoir trotté, les chevaux prirent le galop jusqu'au hameau. Là, les deux cavaliers descendirent devant une *choza* (hutte).

Aussitôt, un noir, après avoir salué les nouveaux venus, s'occupa de donner ses soins aux chevaux, tandis que Moïse et son père

sortaient leurs pistolets des fontes et les pas-
saient à leur ceinture ; ensuite, ils s'élancèrent
à travers les graminées de toutes sortes qui re-
couvrent une partie des environs du hameau.

Dix minutes après que nos deux chasseurs,
— car à leur armement, le lecteur a bien compris qu'il était question d'une partie de chasse,
— se furent éloignés, une voiture s'arrêtait
devant la même hutte que les cavaliers un
instant auparavant, et l'on vit descendre un
homme du coupé. Cet homme, nous pouvons
le nommer tout de suite.

C'était Benito.

Lui, dont une lettre, adressée au consul il
y a quelques mois, avait déjà annoncé le séjour dans cette grande ville. Depuis ce moment, il a continuellement tourné et cherché,
se dérobant autant que possible aux recherches de la police, et cherchant dans la ville et
ailleurs un de ces expédients redoutés dans
ces pays pour assouvir sa vengeance.

L'homme qui est avec lui a une figure hon-
hête.

Quand il voit que son ami Benito va s'éloigner, il ne peut s'empêcher de lui dire :

— Sois prudent !

— Ne crains rien, répond celui-ci.

Puis, regardant le noir qui avait parlé à Zéma, il lui dit :

— Pourriez-vous me dire quelle direction ont prise les deux chasseurs dont les chevaux sont dans votre écurie ?

— Par ici, senor, fit le noir en allongeant le bras vers une route étroite.

— Merci ! dit Benito. Et il s'élança, comme quelqu'un qui a hâte de retrouver ses amis.

A peine avait-il fait cent pas que, au lieu de suivre le chemin, il prit à droite un champ planté de cannes à sucre et disparut, marchant comme un homme qui veut voir sans être vu.

Celui qui avait conduit Benito paraissait être un petit bourgeois de la ville. Pendant que son ami s'éloignait, il détalait tranquillement son cheval. Ensuite, il s'assit à l'ombre d'un bouquet de cannes à sucre, puis, comme quelqu'un qui n'a rien à se reprocher, il s'endormit en at- tendant son ami.

Laissons sommeiller notre bourgeois et lançons-nous sur les traces de Zéma et de son fils.

Il y a deux heures qu'ils sont en chasse. Tous les deux manifestent le désir de se repo- ser. La présence d'un latanier semble combler leurs désirs.

Celui-ci est situé sur le milieu de la plaine,

sur une faible élévation de terre, à deux kilomètres de la *Grande-Cabana.* A cinquante
mètres environ, on découvre un des affluents
de la Guandre, rivière dont la source coule de
la Sierra do Mar, en passant par Bélem, et qui
continue sa route en faisant plusieurs contours,
creusant et élargissant de plus en plus son lit
jusqu'à l'Océan. Çà et là, on voit des champs
de cannes à sucre. D'un autre côté, à une assez
longue distance, sous la conduite d'un blanc,
sont des noirs, des esclaves !... Pauvres parias !
vous êtes donc bien maudits, vous qui, sous
le fouet d'un tyran, travaillez la terre pour
enrichir le plus souvent un despote avide
d'argent, mais peu humain envers ses semblables !...

Voilà l'endroit que nos deux personnages
avaient choisi pour prendre un peu de repos.

— Ah ! dit Moïse en soupirant, cet ombrage
doit nous faire du bien.

— Le fait est, ajouta Zéma, que, dès ce matin, la chaleur est accablante ; si ce n'était cette
petite brise qui vient de la mer, on étoufferait...
Enfin, grâce à l'ombrage de cet arbre, nous
pouvons être à l'aise un moment.

— Mon père, je voudrais bien vous demander pourquoi vous avez eu l'idée de m'emmener si loin pour chasser, quand, tout près

de nous, nous eussions trouvé autant de
gibier qu'ici, et plus facile,... plus facile, non,
mais je veux dire que nous aurions chassé
plus agréablement, car, ici, il nous faut autant
faire attention aux reptiles, aux bêtes fauves,
qu'aux oiseaux...

— Tu as raison, Moïse, mais tout le tort n'est
pas de mon côté : j'ai proposé... tu as accepté,
et voilà comment nous sommes en cet endroit.

— Eh bien ! mon père, puisque nous sommes seuls, personne ne peut entendre ce que
nous disons. Et, comme pour mieux s'assurer
de ce qu'il avançait, Moïse se leva et explora
d'un coup d'œil les alentours ; puis, il se ras-
sit en disant : Il y a bien du monde, mais il
est assez loin et il ne pourrait nous entendre.
Maintenant voilà pourquoi je ne vous ai pas
détourné de la partie que vous me proposiez,
j'avais pour but d'être seul avec vous... Je
vous ai souvent demandé, continua Moïse,
d'avoir la bonté de me dire quelle est et où
habite l'honnête personne que je pourrais appeler ma mère ?

— Honnête ! murmura Zéma.

— O mon père ! je vous en prie, ne l'accablez pas. Qui sait ce que le destin nous réserve !... Il y a des moments où l'on croit être
bon, à l'abri de tous les reproches, et, le len-

demain, on s'aperçoit du contraire, et l'on se
dit quelquefois : J'ai été trop loin, j'ai été trop
sévère.

— C'est vrai, mon fils... Eh bien ! je vais te
révéler sans emportement, mais non sans
amertume, par exemple, ce secret que j'ai toujours, autant que possible, tenu caché dans mon
cœur. Tu vas donc connaître le nom de cette
femme, toi à qui le temps paraît durer de ne
pouvoir l'appeler ta mère. Hélas ! pauvre enfant, tu ne le sauras pas plus tôt que, peut-être,
tu en seras fâché !

Moïse ne répondit pas. Il était attentif et
semblait vouloir graver dans sa pensée tout ce
qui allait sortir de la bouche de son père.

Zéma continua :

— Il y a vingt ans de cela : Je connus une
jeune fille et je me pris à l'aimer. J'étais à
Bordeaux, alors ; mon père, à qui l'âge, disait-
il, donnait plus de connaissance, accueillit ma
demande avec froideur. A cette occasion, il
ne craignit pas de me dire : « Tu n'es qu'un
sot ! » Sot ou non, lui répondis-je, je l'aime !..
Tel qu'un oiseau que le serpent charme, mon
cœur éprouvait une attraction terrible. Enfin,
je le pressai tant, que, voyant mon désespoir,
il céda. Cependant, me dit-il, je ne ferai rien
sans avoir ta dot en poche, et après tu auras à

me laisser tranquille. Pour cela il faut que j'aille à Bayonne, où j'ai des fonds de placés. »

Dès le lendemain soir il prit la malle-poste, qui, à minuit, partait de Bordeaux.

Je restai avec ma pauvre mère, qui ne savait trop que dire, car mon père n'était pas d'un caractère ordinaire; une fois qu'il avait pris une résolution, on l'aurait mis en pièces qu'il n'en aurait point changé. Durant son absence je passai des heures entières auprès de celle qui allait être ma femme; nous allions nous marier, nos parents s'étaient accordés; c'était donc affaire finie. On nous laissait un peu plus seuls. Alors, nous nous aimâmes bien plus qu'on ne doit s'aimer, même quand on est sur le point de se marier.

Huit, dix, douze, quinze jours s'écoulèrent sans nouvelles, quand, enfin, un matin, une dépêche ainsi conçue nous arriva :

« Mon fils, pars de suite : un accident vient de m'arriver. Ne mets pas un moment de retard.

« Embrasse ta mère pour moi. »

Il signait et me donnait l'adresse de l'hôtel où je devais descendre. Le même jour, je montai en voiture. Rendu à Bayonne, je me fis conduire à l'hôtel qu'il m'avait indiqué. Je déclinai mon nom et je demandai mon père. Aus-

sitôt, un garçon me pria de le suivre jusqu'au
quai. Là, nous prîmes une chaloupe qui nous
conduisit à bord d'un trois-mâts. Un matelot
de quart alla annoncer mon arrivée. Aussitôt,
le capitaine monta sur le pont, et me pria de
descendre dans la chambre. Mon père, me di-
sait-on, s'était cassé une jambe en visitant le
bateau. Le cœur navré, je descendis, et je vis
mon père couché dans une cabine ; il avait
l'air de ne pouvoir se remuer. Après m'avoir
embrassé, il me dit :

« J'en ai ici pour quelques jours, et mon
voyage n'aura pas été pour moi un voyage
d'agrément, je t'assure ! »

Je le consolai le plus possible. La nuit venue,
on lui servit à dîner dans son lit, tandis que,
moi, je mangeai à la table du capitaine en
ayant soin à chaque instant de me lever et
d'aller voir si mon père avait besoin de mon
service. Après le dîner, je voulus passer la
nuit près de lui et le veiller, mais il s'y opposa,
et à toute force il fallut que j'allasse me coucher. Il est bon de te dire que je me sentais
écrasé par le sommeil, et cela n'était pas étonnant, attendu que j'avais passé plusieurs nuits
en voiture, les chemins de fer n'étant pas créés
alors. Je dormis longtemps, car je ne m'éveil-
lai que le lendemain à trois heures de l'après-

midi ; je me sentais le corps brisé, la tête
lourde, et c'est à peine si je pouvais me remuer. Un coup de mer, qui fit tanguer le bateau, me rappela à la réalité. Je descendis de
mon lit, et, sur le tabouret, je trouvai une lettre. Je l'ai lue et relue tant de fois que je ne
l'oublierai jamais. En voici le contenu :

« Mon fils,

« Pardonne-moi, car j'obéis à un sentiment
qui, j'en suis sûr, ne me trompera pas. Certes,
je n'aurais jamais cherché à t'éloigner de nous,
tu sais si je t'aime ! et ta pauvre mère aussi ;
mais ce serait terrible de te voir entrer dans
une famille dont le père est un joueur qui finira mal ; l'an dernier, comme tu sais, il s'est
fait chasser d'un cercle pour escroquerie au
jeu. De plus, tu connais sa femme, et tu sais
qu'elle mène une vie excentrique et déréglée...
Voyons, mon cher fils, comprendras-tu maintenant qu'il était de mon devoir de t'arrêter à
temps ? Une jeune fille élevée pendant quinze
années en contact avec de pareilles gens peut-
elle être une femme capable de rendre heureux
un mari ?... Non, mon fils ! non, c'est impossible ! Ainsi, crois-moi, fais ce voyage et réfléchis... Dieu veuille que tes idées, à ton retour,
soient changées ! Je le désire de tout mon
cœur.

« Tu trouveras à bord du navire deux malles contenant du linge. Et le capitaine, qui est de mes amis, te remettra la somme de deux mille francs. Maintenant, quand tu t'éveilleras, tu seras en pleine mer.

« Adieu, mon fils ! Que Dieu et le souvenir de ta famille soient toujours avec toi, durant ce voyage auquel je te contrains, hélas !

« Ton père pour la vie, qui ne veut que ton bonheur.

« Adieu !

« LANCY. »

Après avoir pris connaissance de cette lettre, que me restait-il à faire ?... ce que font tous les malheureux ! Je pensai à celle que j'aimais, à ma mère, et je me pris à pleurer comme un enfant. Alors, le passé me revint à l'esprit : je voyais ma mère, me disant adieu pour la dernière fois peut-être. Oh ! comme elle m'embrassait, la chère femme, au moment de nous quitter ! Comme elle me serrait sur sa poitrine, dévorée par une fièvre ardente occasionnée par le désespoir ! Quelle douleur lui déchirait son cœur, si bon pour moi. Ah ! je l'ai bien compris, car elle ne devait rien ignorer de ce qui se passait alors.

Bref, je pris le dessus de ma position, et me dis

que je ne pouvais pas rester ainsi. Je sortis de
ma cabine, et je m'adressai au capitaine :

— « Comment trouvez-vous ce tour ? lui dis-je
pétrifié.

— « Superbe ! monsieur, superbe ! on ne les
réussit pas toujours avec tant de succès, répondit le capitaine en souriant d'un air rusé ;
je ne vous plains pas, monsieur, car ici vous
ne serez pas malheureux.

— « Pourriez-vous me dire où vous avez l'ordre de me débarquer ?

— « A Bordeaux ou à Marseille, mais seulement à notre retour du Japon.

— « Sera-ce un voyage long ?

— « Il durera deux ou trois ans, car, là-bas,
nous serons probablement obligés de faire le
cabotage. »

J'étais stupéfait... Enfin, il fallait bien en
passer par là.

— Je vous serais obligé, interrompit Moïse,
de me dire le nom de ma mère, et, si elle vit,
quel pays elle habite ?

— Je comprends, ce détail te rend curieux ; et,
cependant il te faut le connaître pour ne pas me
blâmer. Eh bien ! je vais aller plus vite. Sept
mois après notre départ de Bayonne, nous ar-
rivons devant Yokohama. Trois mois plus tard,
j'abandonne le *Beau-Prince*, c'était le nom du

navire où j'étais embarqué, et je me rembarque
à bord d'un Américain. En route, nous sommes assaillis par une tempête, et le navire, tout
désemparé, vogue à l'aventure ; il allait probablement sombrer quand il se jeta sur les glaces
polaires. Là, nous tombâmes comme dans un
véritable tombeau ; nous n'avions aucun espoir
de nous sauver, il nous fallut construire, avec
des débris du navire, des tentes qui, aussitôt,
étaient couvertes de neige. Nous restâmes dix-
huit mois errants sur ces glaces éternelles,
sans cependant trop nous éloigner les uns des
autres. Dix-huit mois d'agonie et de torture,
bien que nous ayons pu sauver une grande
partie de nos vivres, de plus un canon et la
poudrière ; du reste, nous pouvions aller et
venir à bord du bateau. Aussitôt touché, les
glaces l'avaient entouré d'une ceinture de fer.

De temps à autre, nous tirions le canon, le
matin surtout, — il fallait économiser notre poudre, elle ne pouvait toujours durer, — si bien
qu'un jour nous vîmes s'approcher une chaloupe. C'était un capitaine américain qui avait
entendu notre appel et qui avait mis une chaloupe à la mer pour venir voir ce que signifiait
ces coups de canon. Guidés par le feu que
nous faisions, les marins qui montaient l'embarcation n'eurent pas de peine à nous trouver :

nous montâmes en partie dans la chaloupe, au premier tour; au second, on emmena le reste des hommes, des squelettes plutôt, tellement nous étions maigres. Mais peu nous importait, nous étions sauvés, et quelques jours après nous mettions le pied sur les quais de Rio-de-Janeiro.

Tant de revers m'avaient démoralisé; je restai ici; j'y passai deux années, après quoi l'ennui me prit : je voulus revoir ma famille; j'avais dès le début perdu tout espoir d'épouser ma fiancée, et pourtant une idée me disait : « Va ! prends courage, tu la reverras ! » C'est aussi, je l'avoue, ce qui me décida à retourner à Bordeaux.

Mon arrivée au pays natal, plutôt que de me calmer, augmenta ma douleur. Père, mère, tous reposaient en paix à la Chartreuse.

J'allai voir leur tombe, sur laquelle je pleurai longtemps, puis je sortis du cimetière, et je me vis, là-bas comme ici, seul, toujours seul !

Alors, je m'informai de celle que j'avais aimée. Les voisins me dirent qu'elle était mariée, et que, deux années après son mariage, son mari l'avait laissée avec une petite fille et était parti à l'étranger. A ce moment, une rage sourde, une vraie rage d'envie de la voir, me prend.

Un jour, j'entre chez elle ; elle me reconnaît, se jette dans mes bras, et elle se met à pleurer.

Elle me raconta qu'elle s'était mariée pour ainsi dire par force ; elle me parut ne pas regretter son mari. L'infâme ! — ne put s'empêcher de dire Zéma, — qui menait une vie désordonnée, paraissait m'aimer encore. Trois jours après mon arrivée, le coup d'Etat eut lieu ; les Commissions mixtes furent formées ; un manant, qui, avant mon arrivée à Bordeaux, était l'amant de l'adultère, me dénonça à la Commission mixte, comme étaient dénoncés tous les républicains de cœur. On n'eut pas de peine à le croire, car on savait mon père dévoué à ce régime de liberté, et tel père, tel fils. Heureusement pour moi qu'il y avait dans la maison de ta mère une servante devant laquelle on avait laissé échapper quelques mots ; elle eut pitié de moi. Aussitôt qu'elle apprit cette trahison, elle vint à mon logement, situé rue des Remparts, me prévenir de ce qui se passait, et en même temps elle me dit donc que cette femme avait eu un fils, que probablement elle l'avait fait disparaître, et que Benito était son complice. Aujourd'hui, j'ai acquis la certitude de ce que cette fille avançait,... puisque cet enfant,... c'est toi.

Comprenant la gravité de ma situation, je

bouclai ma valise et je la fis porter aux bureaux des voitures. Chemin faisant, j'entre chez un coiffeur, je me fais couper les favoris, et me voilà parti pour la seconde fois à Bayonne. Arrivé là, je descends dans une auberge et je prie un garçon de me procurer un guide pour passer la frontière.

Le lendemain, j'étais en Espagne, à l'abri de toutes recherches.

Alors, je pensai à ce Benito. Si, un jour, tu le rencontres sur ton chemin, méfie-toi de lui ; c'est un lâche, un traître, incapable d'une bonne action ; s'il t'attaque, écrase-le : il le mérite.

Moïse écoutait attentivement l'avertissement que Zéma lui donnait. Il semblait aussi attendre, avec une impatience visible, le nom tant désiré.

— J'arrive à la fin, continua Zéma ; tu sais tout maintenant, juge toi-même si Gustave Lancy est plus honnête homme que n'est honnête la baronne Du... Ah !!!

Un coup de feu venait de retentir. Le cri poussé par Zéma, au moment où il allait enfin prononcer le nom qui paraissait devoir faire la joie de son fils, était produit par la douleur qu'il avait ressentie en recevant une balle dans le dos ; aussitôt le cri, il tomba à la renverse. Moïse, saisi de stupeur, n'eut pas l'idée de jeter un coup d'œil vers la rivière ; sans cela, il aurait vu un flocon de fumée au-dessus des jungles.

S'approcher de son père, essayer de le relever, fut pour lui l'affaire d'une seconde. Mais Zéma ne pouvait se tenir ; Moïse fut forcé de l'adosser à l'arbre.

— Il m'a assassiné... c'est lui, le misérable !... mais... Dieu me donnera le... temps, de dire que ta mère... est... la baronne Du... Platin... Rachel... est ta sœur de mère !... Adieu !... A... dieu... mon... fils !...

Il ferma la bouche pour ne plus la rouvrir.

Pauvre Moïse ! La secousse était forte : apprendre le nom de sa mère en même temps qu'il voyait son père à l'agonie !... En ce moment, il pensa aux noirs qui travaillaient non loin de là. Il courut vers eux demander leur aide.

Ceux-ci arrivèrent en toute hâte. Moïse, au comble du désespoir, était incapable de rien dire : les noirs, à l'aide d'une falce (faucille) coupèrent des bambous, et prestement ils formèrent un brancard sur lequel on plaça le moribond.

On s'apprêtait à partir, quand, tout-à-coup, des cris, ou, plutôt, un appel désespéré, se fit entendre. Aussitôt les noirs se dirigent vers

l'endroit d'où les cris semblent partir. Oh! terreur! ils reculent épouvantés. Sur la berge
de la Guandre, un homme, tenant un fusil à la
main, était entraîné au fond de la rivière par
un crocodile d'une monstrueuse grosseur.
Dieu venait de faire justice, — et Benito, car
c'était lui, — descendait dans le royaume inconnu.

Pendant ce temps, le surveillant des esclaves
s'était avancé. Moïse profita de sa présence
pour lui demander s'il voulait permettre à ses
esclaves de l'accompagner jusqu'au hameau.

— Avec plaisir, senor, répondit-il; je dois
vous dire aussi que je déplore le grand malheur qui vient de vous frapper.

Moïse, qu'une profonde douleur assiégeait,
lui exprima sa gratitude, et il s'éloigna en suivant les esclaves, qui venaient de mettre les
extrémités des brancards sur leurs épaules
nues.

On arriva à la *Grande-Cabana*. En voyant
une voiture, Moïse s'informa à qui elle pouvait bien appartenir?

— A moi, senor! dit le bourgeois que nous
avons vu descendre avec Benito. Mais je ne
puis en disposer, car elle est au service
d'un de mes amis qui m'a prié de l'accompa-

gner et de l'attendre ici... Eh! mon Dieu, c'est peut-être avec ce pauvre senor ?...

— Que voulez-vous dire ? fit le jeune homme.

— Je veux dire que j'ai amené ici le senor Benito, afin d'avoir une explication pour une affaire que j'ignore, avec le senor Zéma, et malheureusement l'affaire a mal tourné.

— Le scélérat n'a pas demandé d'explication ; il vient d'assassiner mon père!... le lâche!... fit Moïse.

— Mais vous avez vengé votre père ? dit le bourgeois, que cette nouvelle rendit blême.

— Je n'ai pas eu cette peine: il vient d'être dévoré sous nos yeux par un crocodile.

— Et moi qui l'appelais mon ami!... ah! le brigand!... Puis il ajouta : ma voiture est à votre disposition, senor ; voulez-vous y placer votre pauvre père ?...

— J'accepte, monsieur. Ah! vous me rendez-là un éminent service, dit le pauvre garçon.

On installa le moribond le mieux possible ; et Moïse, dans une transe mortelle, prit place à côté de son père.

Le bourgeois s'était approché du propriétaire de la choza et lui disait :

— Nous ne pouvons pourtant pas laisser ce

jeune homme seul, avec son père mourant !...
Si vous vouliez conduire le cheval, je monte-
rais avec eux ?

— Soit ! fit simplement le propriétaire, en
sautant sur le siège, tandis que le bourgeois
s'asseyait en face de Moïse.

Le cheval prit le pas ; la voiture suivit.

Le silence régnait dans l'intérieur de la voiture, quand Moïse l'interrompit :

— Je me demande comment ce Benito a pu
trouver la piste de mon père !

— Rien de plus facile à comprendre, senor ;
c'est moi qui, involontairement, l'ai favorisé
dans l'accomplissement de son crime.

— Comment ça ? fit Moïse étonné.

— Voici : il y a six ou sept ans, j'avais trouvé un calepin. Pour savoir à qui il appartenait,
je dus l'ouvrir ; alors, je vis, écrit en grosses
lettres : « Le Baron Antoine du Platin », et,
au-dessous, « Brantony, propriétaire à Rio-de-
Janeiro ».

Comme il logeait justement dans le quartier
que j'habitais, j'allai immédiatement chez lui
et je le lui remis. Deux mois après je reçus une
lettre de Benito, car nous avons été élevés
dans le même endroit, à Sarragosse, et nous
ne nous sommes jamais oubliés. Dans cette

lettre, il me demandait si je n'aurais pas connu un nommé Antoine du Platin ?

En lui écrivant à mon tour, je lui expliquai la trouvaille du calepin. Je ne pouvais pas savoir ce qu'il pensait, car il ne répondit pas à ma lettre. Ce n'est qu'il y a quelques mois qu'il m'arriva en me disant qu'il avait une affaire sérieuse à vider avec un monsieur Lancy ; je voulus le conduire chez M. Brantony, où il aurait pu se procurer l'adresse de celui-ci, car il ne cessait de me dire que M. Brantony devait le connaître. Il s'y refusa toujours, en disant : « Je trouverai bien mon homme, et, après, le moment où, seul à seul, je lui dirai ce que je pense de lui ». Et voyez, monsieur, s'il veillait. Ce matin, sans doute qu'il vous avait vu partir, car il accourut en me disant : « Le moment est venu, partons ! »

Nous attelâmes de suite la voiture et nous nous mîmes à vous poursuivre, demandant aux uns et aux autres quel chemin vous aviez suivi.

— Hélas ! murmura Moïse.

En ce moment, comme si Lancy eut voulu montrer qu'il n'était pas mort, il ouvrit un peu les yeux.

— Pauvre père ! dit Moïse en lui prenant les mains, qu'il pressa dans les siennes !...

16

Mais déjà le froid, froid terrible qui a le pouvoir d'attendrir même les cœurs les plus endurcis, le froid de la mort, se faisait sentir, et Lancy rendait le dernier soupir !...

XXIII

LE DÉPART

Quatre années se sont écoulées depuis la mort de Lancy. A la suite de ce malheur, Moïse a laissé son hôtel de la calle dos Candelaria ; il est revenu habiter la villa Brantony.

La pauvre Moune, mère de Mouna, a succombé ; elle dort d'un sommeil profond.

Jean Duras, à la suite d'une fluxion de poitrine, la suivit peu de jours après. Maintenant, il repose en terre sainte, et quatre cyprès, symbole respectable dû aux morts, lui servent de tombeau.

A l'heure qu'il est, un désordre complet règne dans la villa Brantony. Celle·ci est vendue et va passer aux mains d'un nouveau propriétaire ; il doit en prendre livraison aussitôt le départ de la famille. Les tentures, les meubles les plus beaux, sont enlevés et transportés à bord du vapeur que nous connaissons déjà, l'*Artézia*.

Le vapeur est mouillé au Caès Flamengo, (Quai Flamand).

A ce moment, M. Brantony entre au salon ; il parait fatigué.

— Enfin, mes amis, tout est arrangé, dit-il à la famille, qui est réunie dans le salon. Les notes sont à la banque, adressées à Paris et payables au porteur.

Après ça, Brantony se baissa pour embrasser une mignonne petite fillette de trois ans, qui venait de s'installer en riant sur les genoux de son père.

C'était l'héritière de la famille du comte Henry de Blonssin.

— Depuis le temps que je l'entends dire, nous voilà donc cette fois au départ, dit Mouna.

— Tu tiens donc bien à voir Paris ?

— Vous me l'avez tant vanté.

— Que tu veux t'assurer par toi-même si nous t'avons dit vrai, répliqua son père.

— Dame oui, dit en souriant Mouna.

— A propos, je ne vois pas Moïse ! n'est-il pas rendu ? dit Brantony.

— Pardon, me voilà, répondit celui-ci, en

se montrant à la porte. Puis il ajouta : Où est
Carlin ?

— A chercher la voiture qui doit nous conduire au bateau, dit Henry.

En ce moment, un bruit de grelots se fit entendre au dehors, et l'on vit entrer Carlin,
tenant un fouet à la main.

— La voiture est à la porte, dit-il en regardant M. Brantony.

— Nous sommes prêts, fit celui-ci.

Toute la famille sortit. On monta en voiture.

Henry mit sa fille à côté de Rachel, et il
monta à son tour ; puis Mouna, Moïse et Brantony. Mouna avait les yeux rouges ; elle fixait
son père, et semblait lui dire, en regardant
par une portière de la voiture, dans la direc-
du Morro de Ste-Théréza :

— C'est là que repose ma mère !...

Carlin ferma la portière, prit les guides et
monta sur son siège ; il fit claquer son fouet,
et la voiture partit, chargée d'espérances !

En arrivant au quai, on trouva Mandri,
Lanos et Vestant, qui attendaient leurs maîtres,
pour leur adresser un dernier adieu !

Les anciens serviteurs restèrent là jusqu'au
moment du départ.

Combien ils avaient l'air joyeux, ces noirs,
de pouvoir faire de bons souhaits à celui qui

leur avait rendu la liberté. Avouons-le, c'était un beau jour pour eux.

Comme sur tous les quais, une foule se forma au départ du vapeur : des nègres surtout; ceux-ci regardaient leurs compatriotes d'un air curieux.

Un bruit strident retentit et le paquebot s'éloigna.

Alors, ce ne fut, de la part des quatre noirs, que cris et vivats prolongés. Quand ils eurent perdu de vue le vapeur et que la noire fumée des fourneaux se fut confondue avec les nuages de l'horizon, les quatre domestiques se donnèrent le bras et ils s'en allèrent en chantant jusqu'à la voiture, qu'ils avaient ordre de ramener à la villa.

Les nègres qui étaient sur les quais les voyaient s'éloigner d'un œil sombre... Parmi eux on en entendit un qui dit tristement :

— Ils sont libres !... eux, tandis que nous !...

— Sommes esclaves !... termina un autre.

XXIV

LE NAUFRAGE

C'est dans le mois de novembre, vingt et un jours après son départ, que nous retrouvons l'*Artézia*.

Après avoir demeuré dans les pays chauds et qu'on s'approche des côtes occidentales de la France, on trouve un changement de température, et ce changement est d'autant plus sensible qu'il se produit dans l'espace de deux ou trois jours.

Au lieu de ressentir la température froide à laquelle chacun s'attendait, on ressentait une chaleur accablante produite par l'effet d'un temps mou. Une dépression atmosphérique semblait peser fortement sur les couches d'air amoncelées à l'horizon. Depuis que la nuit était venue on entendait, dans le lointain, comme le sourd grondement d'un orage, accompagné de fulgurations vives et rapides, qui apparaissaient dans le sud-ouest. La lune, masquée par intervalles, éclairait ce panorama d'un sinistre augure.

Il est huit heures ; tout le monde est réuni dans le salon du vapeur. On finit de dîner. Il y a une heure qu'on a pris le pilote. On cause, on fait mille projets, la famille paraît heureuse, car, demain, le bateau sera en rivière de la Gironde.

Tout-à-coup, un éclair, traversant la lanterne et les hublots, embrase la chambre et semble donner à chaque personnage une couleur livide. C'est le signal d'un coup de tonnerre, qui éclate presque au même instant. Les dames, effrayées, cachent leur figure dans leurs mains.

Le pilote monte sur le pont, ses hommes courent toujours où est le danger.

La lune a complètement disparu sous les couches sombres et monstrueuses qui rendent encore la nuit plus noire, plus affreuse. Les éclairs se succèdent et serpentent parmi ces masses réunies, qui laissent entrevoir le cratère d'une caverne embrasée. Chaque apparition de feu est suivie d'une détonation effroyable. Il semble que ce bruit infernal excite la colère de Neptune : les flots se soulèvent à leur tour, et, sur le vapeur, vomissent une montagne d'écume.

Le paquebot est dans la passe ; il ne peut plus reculer, il faut passer ou périr. Les feux, Cordouan, la Coubre, le Grand-Banc, Terre-Nègre, guident le pilote ; mais, que peuvent-ils, tous ces vaillants marins, contre une pareille tourmente ?... Le pilote fait ralentir la vitesse du bateau... La bourrasque continue ; le vent s'est levé plus fort que jamais ! il souffle dans les haubans avec une telle violence qu'on croirait entendre le bruit d'un million de sifflets qui se répondent à la fois ;... la pluie, pluie qui empoisonne avec son odeur de soufre, tombe à torrents ;... on ne voit plus les feux des phares ; le tonnerre gronde sans cesse ;... la mâture gémit, craque sous la puissance du vent. En ce moment, un cri, mais le cri véritable du désespoir, retentit de toutes parts. Hélas ! l'hélice ne fonctionne plus ; l'arbre de couche vient de se rompre ! A ce cri un second succède. Le gouvernail est engagé, le bateau ne gouverne plus. Dernière branche de salut, on jette l'ancre à la mer. Pendant dix minutes la chaîne semble résister aux flots ; tout-à-coup, le grincement qu'elle faisait entendre cesse, et le bateau vogue au gré du vent et des courants ; la chaîne est brisée.

Que faire maintenant ? On lance des fusées qui ne sont probablement pas aperçues des gens de terre, puisque les marins eux-mêmes, dans l'épouvantable bourrasque, ne peuvent apercevoir les feux qui les guidaient une heure avant. Dernière ressource : on sonne la cloche à toute volée !

Tout le monde est monté sur le pont ; l'anxiété la plus grande, la plus terrible, règne à bord ; on est en face d'un imminent danger, et chacun peut se dire en regardant devant soi : Voilà mon cercueil !

A l'avant du bateau on voit des hommes de l'équipage déboutonner leurs paletots et tirer leurs bottes ; d'autres jettent leur capote cirée. D'un côté, de l'autre, on ne voit que des yeux qui cherchent, dans l'ombre, les uns un aviron, les autres un baril, d'autres une cage à poules. Enfin, tous se préparent à la lutte terrible et dangereuse qui ne saurait tarder.

Rachel, assise sur le pont, est cramponnée d'une main à un anneau de fer placé à l'entrée de la dunette ; elle pleure. De l'autre main, elle tient sur ses genoux sa fille, enveloppée dans un châle. Pauvre femme ! comme elle serre contre sa poitrine sa chère enfant, qui tremble, grelotte.

Mouna, assise à côté de sa sœur, la regarde

d'un air navré. Henry, Moïse, Brantony et le capitaine, sont consternés; il semble que la terreur ait refoulé leurs larmes. Debout, au pied du grand mât, se tient cramponné le pilote; c'est un homme d'une cinquantaine d'années; une larme lui tombe des yeux : peut-être, avant de laisser sa maison pour prendre la mer, s'est-il approché d'un berceau, et sa barbe rustique a-t-elle frôlé la douce figure d'un de ses petits enfants ? Hélas ! ne les a-t-il pas embrassés pour la dernière fois ?

Un éclair, qui dura une demi-seconde, interrompit les angoisses de ces martyrs de la destinée. Au même instant, comme si toutes les foudres de l'univers se fussent donné rendez-vous en un combat final, un coup de tonnerre formidable se fit entendre. Bateau, marins et passagers, frémirent à la fois. Et, comme si cette détonation eut été le signal du naufrage, le bateau talonna.

On ne peut décrire sans frissonner ces sortes de catastrophes, où la plupart des naufragés meurent engloutis dans ce vaste linceul.

Pêle-mêle, les malheureux se jettent ou plutôt sont jetés à la mer, et, alors,... à la grâce de Dieu !

En un clin d'œil, les vagues mugissantes brisent, détruisent, anéantissent tout ce qui

semble vouloir leur résister. Mouna, à la mer,
nage et ne craint pas de plonger dans les lames.
Rachel l'imite. Celle-ci, au moment d'atterrir,
sent ses forces faiblir. Elles vont l'abandonner :

— « Adieu ! Mouna ! » crie-t-elle. Aussitôt
ce cri désespéré, avec un courage et un sang-
froid vraiment héroïque, Mouna saisit sa sœur
par les cheveux, en même temps qu'une lame
les jette toutes deux sur le sable.

Brantony, Moïse et Henry étaient atterris ;
la terreur semblait tripler leurs forces. Ils cou-
raient tantôt d'un côté, tantôt de l'autre, pour
venir en aide aux malheureux qui ne pouvaient arriver jusqu'à terre.

Bien que Rachel et Mouna fussent sauvées,
il restait encore de la famille, la petite fille.

— « Elle est perdue ! » pensèrent Moïse et
Henry.

On se compta ; les naufragés se trouvaient
au nombre de dix-sept ; quatre manquaient à
l'appel : l'enfant, le pilote, le capitaine et un no-
vice !...

L'orage s'éloignait. La pluie venait de ces-
ser. A la tempête allait succéder un calme re-
latif. La lune, ce soleil de la nuit, apparaissait
pour montrer aux pauvres infortunés où ils se
trouvaient.

— Nous sommes à la Palmyre ! dit froide-
ment un homme de l'équipage, un habitué sans
doute du malheur. En ce moment, on vit sur
la plage deux hommes qui accouraient vers le
lieu du sinistre. C'étaient deux douaniers, en
ambulance sur la Grande-Côte. Comme ils pas-
saient sur le rivage jonché de débris, ils
avaient entendu un appel... Ils s'arrêtent,
prêtent l'oreille ; le même cri se répète... Oh !
surprise, un homme est là, le corps battu par
la lame ; il est cramponné d'une main à une
vergue, et de l'autre il tient un enfant. Un
douanier enlève le cher petit, qui est évanoui,
et qui, peu à peu, revient à lui, tandis que l'autre, en faisant autant, s'élance, et quoique ayant
de l'eau jusqu'au cou, entraîne hors de
l'eau le malheureux, qui n'a pas la force de
marcher.

Les naufragés, apercevant les nouveaux venus, se dirigent vers eux.

Oh ! bonheur ! Rachel retrouve sa fille vivante !

Nous n'essaierons pas ici de décrire les ten-
dres paroles qui sortirent de son cœur, au
milieu d'une si grande catastrophe. Qu'il nous
suffise de dire :

Elle était mère !...

Quant au courageux marin qui s'était dé-

voué pour cette pauvre enfant, et qui l'avait
sauvée en risquant sa vie, c'était le pilote, un
de nos plus vaillants guides de la station de
Royan.

XXV

Le lendemain, au matin, une voiture stationnait devant la caserne des douanes de Terre-Nègre, et l'on y vit monter les malheureux que le destin avait, dans cette nuit fatale, arrachés à la mort.

La voiture suivit la grande route. Une heure après, elle entrait dans Royan, et elle allait s'arrêter devant l'hôtel de la Croix-Blanche. Là, on procura aux naufragés tout ce dont ils avaient besoin....

C'est huit jours après le sinistre, à neuf heures du matin, que nous allons pénétrer dans l'hôtel et entrer dans la chambre occupée par Moïse.

Un lit, une petite table, quatre chaises, une table de toilette, et une armoire, garnissent la chambre. Celle-ci est située au premier étage ; elle a une fenêtre qui a vue sur la mer. Dans la cheminée flambe un bon feu.

Mouna est assise devant le foyer ; elle paraît réfléchir.

Un soupir attire son attention ; elle se lève et s'approche du lit :

— Comment vas-tu, pauvre ami ? dit-elle.

— Comme ci, comme ça... Les épaules me font grand mal... Je ne peux pas les remuer... C'est curieux : dire que, sortant de l'eau, je ne me sentais aucun mal, et que, maintenant, me voilà forcé de garder le lit !

— C'est la fatigue, ce ne sera rien, j'espère. Du reste, tu as bien entendu ce qu'a dit hier soir le docteur ?...

En ce moment, on frappa à la porte.

— Ah ! c'est vous, Henry, dit Mouna en ouvrant la porte.

— Et Moïse, comment va-t-il, ce matin ? questionna celui-ci avec empressement.

— Fatigué, bien fatigué !...

Henry s'approcha du lit.

— Adieu, mon pauvre frère, dit-il à Moïse, en lui serrant la main : c'est pourtant moi qui suis cause que tu es là !

— Tais-toi !... Et comme Henry continuait de parler, il ajouta : Tais-toi donc, te dis-je, ne me parles plus ainsi !...

— Tu ne pourras jamais m'empêcher de dire que, sans toi, j'étais perdu !

— Perdu ! perdu ! répète Moïse, et quand
une fois il a été sur le rivage, il courait sur le
sable tout comme un enragé.

— Mais avoues donc au moins que, quand je
t'ai dit : « J'ai peur ? » tu m'as saisi par le bras
et tu as crié sans me lâcher : « Courage ! courage !... nous approchons ! »

— A ma place n'en aurais-tu pas fais autant ? fit naturellement Moïse.

— Si fait.

— Eh bien ! alors, que trouves-tu donc là de
si extraordinaire ?... une panique te prenait, et
parce que j'ai cherché à t'encourager un peu,
tu exaltes ma conduite. Mais cessons cette conversation. Dis-moi : où est mon beau-père ?

— A la grande-côte ! Depuis le surlende-
main du naufrage, il prend tous les matins
une voiture et il file... Il semble toujours à ce
pauvre père qu'il doive voir échouer les corps
de ces malheureux.

— Il aimait bien son capitaine ! dit Moïse.

— C'est lui qui lui avait fait sa position,
ajouta Henry. Il lui avait fait construire ce vapeur, et quand M. Brantony n'en avait pas
besoin, il le laissait à sa disposition.

Enfin !...

— Où est Rachel ? je ne la vois pas ce matin ?

— Dans sa chambre, répondit Henry.

17

— Dis-lui donc, Henry, qu'elle ne manque pas d'aller à l'arrivée du bateau à vapeur qui vient de Bordeaux... Si, d'après la lettre qu'elle lui a écrite il y a trois jours, ma mère arrivait, il serait fort ennuyeux pour elle de se trouver seule sur le quai.

— Sois sans crainte, bon frère ; nous ne la laisserons pas venir ici comme ça. Du reste, fie-toi à ta sœur. Elle a eu la présence d'esprit de lui donner l'adresse de l'hôtel Richelieu. Maintenant, comme elle a eu le tort de lui parler du naufrage, il serait à craindre qu'après informations prises elle ne vînt ici directement.

— Chose qui n'arrivera pas, affirma Henry.

— Dans toute cette affaire, ce que je redoute le plus, c'est la rencontre de ma mère avec mon beau-père ; quelque chose me dit que cela n'ira pas bien, dit Moïse.

— Tout d'abord, nous aurons le soin d'éviter cette rencontre. Puis, Rachel et Mouna parleront seules avec leur père, et, certes, j'en suis sûr, il est si bon, qu'il ratifiera tout ce qu'elles diront.

— Cependant, interrompit Mouna, je crois qu'il nous faudra bien faire attention, pour lui glisser cette nouvelle à l'oreille... Enfin, nous ferons pour le mieux.

.   .   .   .

Moïse était complètement rétabli, et la baronne, sa mère, depuis quinze jours qu'elle avait dû avoir de ses nouvelles, n'avait pas encore donné signe de vie. Il n'y avait donc plus de doute ; si elle eut été vivante, elle serait accourue voir sa fille et son fils, qu'elle ne connaissait pas.

La famille croyait, sans le dire, la baronne au champ du repos, ce qui les attristait encore davantage.

Brantony ignorait complètement ce que ses enfants tramaient sans qu'il le sût.

Il était midi quand la maîtresse d'hôtel entra au salon.

— Vous allez donc nous quitter bientôt, monsieur, fit-elle curieusement, en regardant M. Brantony ?

— Pas encore, madame ; nous ne partirons guère qu'à la fin du mois... seulement, aujourd'hui, nous allons donner un dernier coup d'œil à ce triste spectacle !... Maudit endroit qui a failli nous coûter la vie !

— Vous avez fait là une grosse perte, monsieur, c'est vrai ; mais vous devez vous estimer bien heureux, car nous avons vu quelquefois disparaître des équipages entiers !...

Votre bateau est-il démoli ?

— Oh, complètement ! et, comme vous le dites, c'est une perte ; cependant, ce n'est pas la plus grosse, car je donnerais, pour que la mer les mît en pièces et en morceaux, deux autres bateaux comme celui-là, si cette prodigalité devait rendre ces deux malheureux marins à la vie.

Le bruit d'une voiture qui s'arrêtait à la porte coupa court à la conversation. Toute la famille sortit, et elle fut bientôt en voiture. Le cocher fit claquer son fouet; la voiture s'ébranla et elle partit.

A peine les chevaux avaient-ils fait cinquante pas, que le cocher, entendant hêler derrière lui, les arrêta.

C'était un gendarme de la marine, qui s'avançait en courant.

M. Brantony, qui était monté le dernier dans la voiture, regardait par la portière ; il voyait bien que c'était à lui qu'on avait affaire. Aussi fut-il bientôt descendu.

Le gendarme s'approcha ; après avoir porté la main à son képi, il dit :

— Je suis envoyé de la part de mon commissaire, pour dire à M. Brantony qu'il ait l'obligeance de passer au bureau immédiatement.

— Diable ! le moment est mal choisi, car voilà mon voyage empêché, pensa Brantony ;

puis, se retournant vers sa famille, il ajouta :
Continuez votre route sans moi. Ma foi, je
réfléchis, et je ne suis pas précisément fâché
de ce qui arrive. Demain, dimanche, le bureau
aurait été fermé, et j'ai besoin de recueillir quel·
ques petits renseignements importants.

On protesta, on voulut attendre son retour,
mais il s'y opposa formellement.

— Partez, partez, dit-il ; j'y suis allé souvent sans vous, vous pouvez bien y aller une
fois sans moi.

La voiture repartit de nouveau.

XXVI

L'EXPIATION

Quand Brantony sortit de l'Inscription mari-
time pour se rendre à l'hôtel, il était deux
heures. Il y avait une demi-heure qu'il était
entré dans sa chambre, — celle-ci était située
en face celle de Moïse, — quand on frappa à la
porte.

— Entrez ! fit-il.

Une servante parut. Elle était suivie par
une dame qui pouvait avoir quarante à qua-
rante-cinq ans.

— Voilà une dame qui demande à parler à
Monsieur, dit la jeune fille en s'effaçant de façon à laisser passer la dame devant elle. Ce
mouvement accompli, elle se retira, laissant
Brantony seul avec la nouvelle venue. Du premier abord, celle-ci parut un peu troublée.
Elle se remit bientôt.

— Monsieur, dit-elle, je n'ai point l'honneur d'être connue de vous ; cependant je voudrais bien vous demander un petit renseignement.

— Mon Dieu, madame, avec plaisir, et quoique je ne sois vis-à-vis de vous qu'un étranger, veuillez croire que je ferai mon possible pour vous être agréable. Daignez donc vous asseoir, madame, dit Brantony, en lui montrant un siège.

— Merci, monsieur, vous êtes bien bon. La dame s'assit, et elle continua : Je vous serais bien obligé, monsieur, si vous pouviez me dire si, ce soir, il me sera possible de voir un jeune homme qui porte le nom de Moïse ?

— Il vous sera facile de le voir ce soir, car il sera ici à la tombée de la nuit. Il est à faire une petite excursion avec sa femme, son beau-frère, sa sœur et sa nièce... Est-ce que madame le connaîtrait ?

Brantony semblait questionner sans importance la dame ; mais on verra plus loin ce qu'il en pensait.

— Non, monsieur, dit-elle ; puis, se reprenant, elle ajouta : Je devrais bien le connaître, mais il y a si longtemps que je ne l'ai vu, que j'ai presque oublié sa figure.

— Ah ! ah ! pensa Brantony, est-ce que ce

charmant homme serait un parent de madame ?

— Oui, monsieur.

— Alors, permettez-moi, madame, de vous féliciter, car vous avez dans votre famille un bon et excellent garçon.

— Merci, monsieur ; ce compliment me flatte... Maintenant, je voudrais vous... ah ! pardon !... mais j'abuse peut-être de votre bonté ?. .

— Pas du tout, madame !... continuez.

— Je voudrais vous demander si cette personne qui m'a écrit il y a quinze jours, et qui signe Rachel de Blonssin, sera visible aujourd'hui ?

— C'est de ma fille que madame veut sans doute parler. Tiens, j'ignorais qu'elle vous eût écrit, madame... Et pourquoi n'êtes-vous pas venue aussitôt la réception de sa lettre ?

— Je ne croyais pas à cette lettre ; j'ai été trompée tant de fois, que je n'osais pas entreprendre ce voyage.

— A quel degré ce jeune homme vous est-il parent ?

La dame ne répondit pas.

Brantony continua :

— Ce jeune homme ne serait-il pas votre...

— Achevez vite, monsieur ! afin que j'entende prononcer ce mot que je n'ai pas entendu depuis cinq années,... et encore, Dieu sait dans quelle circonstance !

— Je veux dire « votre fils ! » dit Brantony avec un léger tremblement dans la voix.

— Vous venez de dire vrai, monsieur : c'est mon fils !

— Comment se fait-il que votre fils se nomme Moïse tout court ?

— C'est que...

Elle allait sans doute divulguer quelque secret quand elle réfléchit :

— Si ce n'était pas lui, pensa-t-elle, et que je fusse, malgré toute cette conversation, l'objet d'une mystification quelconque?... Voyons... C'est que mon fils, acheva-t-elle, portait sur lui un signe particulier.

— J'ignore, madame, si le jeune homme dont nous parlons est votre fils ; mais, ce qu'il y a de certain, c'est qu'il porte sur sa poitrine deux lettres qui ont dû être faites au moyen d'un fer chaud.

— Et ces lettres sont ?

— Un G et un X.

— Merci bien, monsieur, de ce renseignement ; maintenant, je ne crains plus de vous dire mon nom. Je suis Xilta Maleck, baronne Du Platin.

Brantony ne sourcilla pas : cette femme n'était plus pour lui qu'une étrangère.

— Mais alors, madame, votre fils est baron ?

— Pas du tout ! Je vous prierais donc d'avoir l'obligeance de m'écouter un instant, car c'est de moi, par le fait, que je suis forcée de vous entretenir. Je n'abuserai pas de votre patience.

Xilta raconta mot à mot ce que le lecteur connaît déjà par la confidence de Lancy à son fils.

— Pauvre Lancy !... comme il a dû souffrir !... murmura Brantony.

— L'auriez-vous connu ? demanda la baronne, surprise.

— Oui, madame ; il a été mon meilleur ami. Malheureusement, il est tombé mort sous le coup d'un assassin.

— C'est bien dommage ! c'était un honnête homme, dit la baronne, qui, en elle-même, n'était pas fâchée d'apprendre la mort de celui qui l'avait tant humiliée.

En ce moment, Brantony sonna.

Aussitôt une femme de service parut.

— Je n'y suis pour personne, lui dit tout bas Brantony.

Et, fermant la porte, il revint prendre sa place en face de la baronne.

— Mais votre mari, madame, habite-t-il Bordeaux ?

— Hélas ! fit-elle, je ne sais ce qu'il est devenu !...

— Pauvre baron ! dit Brantony.

— Ah ça ! monsieur, vous connaissez donc toutes mes connaissances ? questionna la baronne, surprise.

— Il est vrai, madame, que j'ai eu l'avantage de connaître les deux personnages que vous venez de nommer. Le premier, comme je viens de vous le dire, est mort assassiné, mais, ce que je ne vous ai pas dit, c'est que l'assassin était un de vos agents.

La baronne pâlit.

Brantony continua :

— Quant au second, madame, si vous l'avez connu autrefois, vous pouvez voir s'il a changé de figure, car maintenant il est devant vous !

La baronne, stupéfaite, tressaillit.

— Ciel ! serait-ce possible !...

— Rien n'est plus vrai ! répondit Brantony.

Le calme qu'il avait conservé jusque-là semblait vouloir se dissiper et faire place à la tempête.

— Maintenant, continua-t-il, qu'avez-vous à dire ?... ce n'est pas moi qui suis allé vous chercher ?...

— On m'a écrit... je suis venue,... répondit Xilta en tremblant.

— Mais, créature dénaturée ! mère sans cœur ! vous ne voyez donc pas que Dieu y a mis sa main, et qu'à cette heure, je ne vous le cache pas, c'est le châtiment qui commence !...

— Grâce ! grâce ! ne m'accablez pas !... Elle se jeta aux pieds de Brantony. Si vous saviez tout ce que j'ai souffert !... si je pouvais vous montrer mon cœur, vous verriez s'il est lacéré et meurtri ! la vie,... ah ! la vie que j'ai menée depuis ton départ, n'est pas une vie d'être humain... C'est une vie de galérien ! et encore, les galériens sont-ils plus heureux que moi, car ils sont soulagés d'un fardeau que moi j'ai supporté jusqu'à ce jour,... ils ont avoué leurs fautes, tandis que, moi, il m'a fallu l'étouffer... Puis, il y avait un homme, un vil misérable, que j'avais eu le malheur d'écouter et qui, connaissant mon secret, me tenait toujours sous le coup d'une dénonciation qui aurait occasionné une enquête, et puis... et puis... une poursuite judiciaire devant la cour d'assises... Il s'agissait d'un crime ! il s'agissait de mon fils ! et, à chaque parole de celui qui m'avait poussé à l'accomplir, il me faisait entrevoir la prison. Parfois, le brigand me faisait des descriptions

qui me faisaient frémir d'horreur, il me dé-
peignait les cachots où, si l'on apprenait mon
secret, je serais jetée et oubliée du monde.
C'était le seul moyen qu'il employait pour
obtenir une caresse de moi... Dieu ! quelle
caresse !...

Xilta respira, et continua :

— Plus tard, ma fille m'est enlevée par
Lancy, qui menace de livrer ce manant à la
justice. Pour se venger de lui, Benito, — car
c'est le nom de cet homme — jure de le tuer !

Il connaissait le lieu, disait-il, où il habitait :
c'était Rio-de-Janeiro.

Aussitôt, j'écrivis une lettre au consul, dans
laquelle je donnais le signalement de celui qui
allait assassiner Lancy...

— Assez ! je ne veux plus rien savoir, interrompit Brantony. Les détails que vous me
faites de votre vie sont affreux !... ils me
couvrent de honte !... Voilà donc ce que vous
avez fait d'un nom jusqu'ici honorable et res-
pecté... Vous l'avez traîné, sali et livré comme
un point de mire à ceux qui n'ont pas de titre,
mais qui, de cœur et de conduite, sont plus
nobles et plus honnêtes que vous !

Maintenant, Brantony connaissait à fond les
secrets de sa femme ; il était humilié ; la honte,
le chagrin, tout à la fois lui apparaissait en un

tableau effrayant. Dès ce moment, moment
terrible pour un homme de cœur, il ne put
contenir sa colère ! son regard tomba sur cette
femme qui l'avait couvert d'opprobre et d'in-
famie !

Celle-ci, à genoux, la tête courbée, semblait
mesurer l'étendue de ses fautes.

Brantony l'interrompit :

— Sortez ! madame, vous n'êtes plus chez
le baron Du Platin ; vous êtes chez Brantony.

Il lui montra la porte.

— Je vous ai tout avoué, tout dit, et votre
cœur ne trouve donc pas une parole... pas un
mot pour me pardonner ?... Je vous suivrai
partout... je serai votre servante... Après
tout, dit-elle, je n'ai pas tué mon fils, puisqu'il
vit ! laissez-le-moi voir, au moins ?

Brantony se dressa.

— Malheureuse femme ! tu as donc oublié
dans quelle circonstance je t'ai marquée, ainsi
que ton complice ?

C'est en pleurant que la baronne répondit :

— Il faut donc que je meure ! que faut-il faire
pour obtenir ton pardon ?

— Non, mais partir ! fuir ! ne plus chercher à
me voir, si tu veux éviter un malheur !... Veux-tu
de l'argent ? je te ferai une pension annuelle qui
te sera payée à ton domicile. Mais te voir...

vivre avec toi... ah ! non, jamais !... Je sens
que je te mettrai sous mes pied !

— Eh bien ! non, je ne partirai pas, dit avec
résignation la baronne. J'ai mal agi ! je suis
une misérable ! je le sais... Je le mérite : in-
sulte-moi, c'est ton droit, puisque je suis
venue chez toi ! mais partir sans voir mon fils,
oh ! jamais !... jamais !...

— Ah ! ah ! nous verrons, nous verrons
bien !... Et Brantony regarda la baronne dans
les yeux, de la même façon qu'un dompteur
regarderait un tigre.

— Ne me regarde pas ainsi, dit-elle,... tu
me fais peur. Ami, sois bon ! meilleur que
moi !

De ses yeux suppliants, elle semblait implo-
rer Brantony.

— « Tu me fais peur ! » répéta celui-ci in-
sensible : c'est ton mot favori. Quant tu as
dit cela, il te semble qu'on doive t'écouter...
Je te pardonnerais peut-être, si tu m'avais fait
souffrir, — souffrir de cette douleur secrète
qui atteint seulement l'homme au cœur sans
que le monde n'ait rien à y voir, — mais tu
m'as volontairement livré à la risée publique,
et tu voudrais qu'aujourd'hui je te pardon-
nasse !... Oh ! jamais !... jamais !... car tu
m'as arraché le bonheur le plus précieux,

celui des premières années de mon mariage.

— Ah ! je commence à te comprendre. Je te gêne, et ma vie est un obstacle à ton bonheur !

— Non ! puisque je veux te donner de quoi vivre heureuse... Mais, ce que je refuse, ce sont tes caresses, car tu dois savoir que sur ce point tu es un peu trop prodigue... Ainsi, crois-moi, va-t-en ! Du reste, je suis déjà las de te voir !

— Puisque tu parles ainsi, tu ne me verras pas longtemps ; tu ne me reverras plus !... Jamais je ne viendrai t'importuner. Mais, avant de mourir, laisse-moi au moins t'embrasser et te demander pardon de ce que je t'ai fait souffrir !... Je suis coupable, je m'accuse, mais, tu as dû t'en apercevoir, il y a des gens qui sont maudits en naissant !... Et pourtant, tu le sais comme moi, on dit toujours : « Dieu est si bon ! » Que lui ai-je donc fait pour qu'il m'ait donné cette destinée ?

— Je ne tiens pas à connaître tes reflexions, mais t'embrasser, jamais !

— Méchant !... le prêtre ne refuse rien à celui qu'il accompagne sur l'échafaud !

La baronne s'était levée.

Elle continua :

— Eh bien ! moi qui vais mourir avant

d'avoir vu mon fils, je te demande pardon du mal que je t'ai fait !

Et, saisissant sans qu'il s'y attendît la tête de Brantony entre ses mains, elle l'embrassa deux fois, puis elle s'élança vers la porte, qu'elle ouvrit. Alors, elle se retourna vers lui, et dit, en étendant la main vers la fenêtre de la chambre de Moïse, qui était ouverte :

— Je vais expier ma faute. Regarde ! Peut-être, après, me pardonneras-tu !... Adieu !...

A ce dernier cri, empreint d'un si profond désespoir, Brantony avait senti son cœur s'ébranler. Il comprit que la baronne venait de prendre une terrible résolution.

— Arrête ! arrête ! s'écria-t-il, je te pardonne !...

Il était trop tard, Xilta ne s'appartenait plus ; désespérée, folle, hors d'elle-même, elle ne pouvait plus entendre. Elle traversa la chambre de Moïse, et, d'un bond passant par-dessus le balcon, elle s'élança dans le vide.

Aussitôt, on entendit la chute d'un corps, tombant sur les dalles de la cour. Epouvanté, Brantony se précipita vers l'escalier. Il arriva près de la baronne ; et à peine l'eût-il prise dans ses bras qu'elle rendit le dernier soupir.

A ce moment, une voiture passait devant la

porte de la grille et s'arrêtait dans la cour de
l'hôtel. C'étaient les enfants de Brantony, que
l'inquiétude de voir arriver leur mère sans
qu'ils fussent présents avait poursuivis sans
cesse, les forçant de rentrer plus tôt qu'ils ne
le pensaient.

Comme on le voit, un affreux spectacle les
attendait. Déjà, bon nombre de personnes en-
touraient la morte. Les gens de l'hôtel semblaient regarder avec compassion les nouveaux
arrivés. La famille comprit tout de suite un
malheur irréparable, car on vit Rachel traverser la foule ; Henry, Moïse, Mouna et l'enfant
la suivirent. Rendus près de leur mère, ils
trouvèrent Brantony, qui leur dit tristement ;

— Du courage, mes enfants !... votre pauvre
mère n'est plus... son heure était venue...
nous devons obéir à Dieu !...

Brantony ne put prononcer ces dernières
paroles sans laisser tomber de grosses larmes.
Etaient-elles sincères ? Oui, car il avait pardonné.

Le lendemain, la baronne fut inhumée dans
le cimetière de Saint-Pierre.

. . . .

Quinze jours après cette scène de deuil et
de tristesse, Moïse, Henry, Mouna, Rachel et
leur père, celui-ci tenant sa petite fille par la

main, se rendaient au cimetiére. Ils portaient une couronne d'immortelles à celle qu'ils ne devaient plus voir dans ce monde. Ils la déposèrent sur un tombeau sur lequel était gravée l'épitaphe suivante :

« Ci-gît le corps de la Baronne du Platin, née Xilta Maleck. Son mari et ses enfants prient pour le repos de son âme. »

Ce fut donc après cette visite au cimetière que la famille laissa Royan pour se rendre à Paris, où elle rentra en possession de sa fortune.

M. Brantony conserva toujours son nom adoptif, car le titre de baron Du Platin lui rappelait de trop pénibles et terribles souvenirs !

FIN.

SOUVENIR DE PARIS

C'est en janvier 185.. que se passait la scène que nous allons raconter.

J'habitais place Vendôme et logeais chez mon patron, M. Ferrani, riche négociant dra-pier ; à une époque antérieure il avait connu mon père, et en considération de cet ami il m'avait pris sous sa protection.

Depuis plusieurs jours on voyait chaque matin un ouvrier emballeur arriver, les yeux rougis, fatigués. Ses camarades le gouaillaient, comme on dit. « Tu vas trop courir ! » disaient les uns ; « tu fais trop la noce ! » ajoutaient les autres. A toutes ces plaisanteries, dites peu méchamment, il répondait par le silence. Quelquefois, un sourire amer venait sur ses

lèvres, mais jamais on ne l'entendait se plaindre.

Une nuit terrible, affreuse pour le pauvre
monde, venait de s'écouler : les maisons étaient
couvertes de neige : La place Vendôme ressem·
blait à un immense linceul ; un pied d'épais-
seur de neige recouvrait la surface de la ville,
tandis qu'un vent glacial soufflait et faisait
tomber les amas de neige amoncelés sur le
bord des toits. Ce matin-là, le patron était dans
son bureau. J'étais assis à côté de lui. Près de
nous était un poële bien allumé, aux abords
duquel nous nous chauffions les pieds, encore
nous plaignions-nous de l'intensité du froid. A
ce moment, la porte du magasin fut ouverte,
et nous vîmes entrer un employé de la maison.
Il était en corps de chemise, avait une vieille
casquette sur la tête, un pantalon de toile
bleue rayée, et de gros souliers aux pieds. Il
portait un collier de barbe noire et épaisse, ce
qui faisait d'autant plus ressortir sa figure,
pâle et décharnée.

— Ah ! c'est toi, Pierre ? tu es bien matinal,
lui dit M. Ferrani.

Le vieux négociant tutoyait toujours ses
plus anciens employés.

— Il est six heures, patron, répondit Pierre.
J'ai même marché très-vite, je craignais d'être

en retard; voyez! fit-il en jetant un coup d'œil
sur ses vêtements, je me suis tellement pressé,
que je n'ai pas pris le temps de prendre mon
paletot.

Cela dit, l'emballeur s'en alla, ou, plutôt, il
courut s'embaucher à son travail habituel.
Peut-être, à voir l'empressement qu'il mettait
à se dérober à la vue de son patron, avait-il
l'intention de cacher ses yeux, qui, comme la
veille, étaient rouges et fatigués.

— C'est toujours bien drôle ! se dit M. Ferrani, qui devint pensif. Puis il ajouta, en me
regardant : Sais-tu où demeure Pierre ?

— Non, patron, répondis-je ; mais voilà Antoine qui traverse la place, il doit le savoir.

Quand celui-ci fut entré, je lui demandai
l'adresse.

— A Belleville, rue des XXX, numéro 7, répondit-il.

Je rapportai ces paroles au patron, qui, aussitôt, me chargea de me rendre compte de la
position de l'emballeur. Immédiatement, je me
rendis à son domicile. C'était une maison de
quatre étages. Je m'adressai au concierge et
lui demandai M. Pierre.

Après m'avoir examiné de la tête aux pieds,
il me répondit :

— « Aux combles ». Sans doute qu'il vit en

moi un ouvrier assez sérieux, car il ajouta : Le mois dernier, le pauvre diable occupait le quatrième étage; n'ayant pu acquitter le montant de son loyer, le propriétaire m'avait chargé de lui dire de se chercher un abri ailleurs, car il est bon de vous apprendre, prononça-t-il avec un certain orgueil, que je suis à la fois concierge et régisseur de la maison. Mais, quand il me fallut dire à ce malheureux : « Il faut déloger » ; lui que je connaissais pour être brave, honnête, ah ! vraiment, cela me fit une peine de tous les diables ; j'aurais volontiers chargé une autre personne de lui faire part de la résolution du propriétaire. Enfin, à force de tourner et virer, cherchant dans mon idée ce que je pouvais faire pour ces braves gens, je songeai que j'avais le grenier, qui ne rapportait rien à M. Printoneau, par la raison bien simple qu'il n'avait jamais voulu le faire plafonner. Et me trouvant heureux comme un juste d'avoir eu cette idée, j'allais de suite lui demander s'il voulait s'y loger. Jugez ! Il ne demandait pas mieux. Dès le lendemain, il monta un étage de plus et se casa dans les combles. Ce qui fait que, maintenant, ils resteront là tant qu'il me sera possible de les garder, d'autant plus qu'ils ne paieront pas de loyer.

— Pourtant, il gagne cinq francs par jour, dis-je.

— Cinq francs par jour, répéta le concierge; mais vous ne savez probablement pas qu'il a trois enfants et qu'il sont toujours malades, tantôt l'un, tantôt l'autre. Il n'y a pas un mois la femme était sur le grabat, malade aussi... Et vous comprenez bien qu'avec les médecins, les pharmaciens et la nourriture, surtout aujourd'hui, avec cette maudite guerre de Russie, qui, nous privant de blé, a fait augmenter le pain d'un tiers, tout y passe. Croyez bien, monsieur, continua le concierge en humant une prise de tabac, que si je ne l'avais pas trouvé si méritant, il ne serait probablement pas ici à l'heure qu'il est. Il ne se plaindrait pas, pour tout au monde. Il supporte son infortune avec une résignation incroyable. Ce matin, il est sorti sans paletot, et c'est en le voyant si bon père, si courageux,... que, je vous l'avoue, ça nous a fait l'estimer davantage.

Comme le concierge finissait de parler, deux enfants, un de neuf ans et un de sept environ, vêtus bien proprement, vinrent l'embrasser.

— Voilà les enfants du brave homme dont nous parlons, dit-il, quand les deux mignons se furent éloignés. Ce matin, aussitôt le dé-

part de leur père, ma femme et moi nous nous
sommes consultés, car, malheureusement pour
nous,.... nous n'avons plus d'enfant !...

Il parlait d'un air si triste, sa voix était empreinte d'une si profonde douleur, qu'il me fût
facile de comprendre qu'il avait quelqu'un de
cher qui dormait au champ du repos. Dans la
crainte de renouveler une douleur peut-être à
peine assoupie, je ne m'en informai pas.

Il poursuivit :

— Maintenant, nous avons décidé de lui venir en aide autant qu'il nous sera possible.

— Dieu ! lui dis-je, soyez-en sûrs, vous bénira. Puis, j'ajoutai : Ne pourrais-je pas monter ?

— Mon Dieu si ! la dernière porte au haut
de l'escalier : c'est là.

Je montai et frappai.

Une femme, qui pouvait avoir trente à trente-
cinq ans, vint m'ouvrir.

— Que demande monsieur ? fit-elle.

— Madame, je vous demande bien pardon
du dérangement que je vous cause : je venais
voir si votre mari était ici, j'aurais besoin de
lui parler ?

— Je suis bien fâchée, mais il y a déjà longtemps qu'il est parti... Cependant, si monsieur
a quelque chose à lui dire ?...

— J'avais à lui demander un petit renseignement au sujet d'un de ses collègues.

— Si monsieur veut, quand mon mari viendra prendre son repas, je lui dirais qu'il avance
chez lui ?

— Merci bien, madame ; puisque c'est ainsi,
ne le dérangez pas : si je ne peux pas me passer de lui, je reviendrai ce soir, à la débau-
chée.

Tout en parlant je m'étais avancé dans l'intérieur de l'habitation ; alors je remarquai.
Les murs étaient d'un gris sale et poussiéreux ;
un grand lit, à côté un petit, une malle et trois
chaises, garnissaient la chambre.

Dans un coin, sur une brique carrée, on voyait un petit fourneau de terre cuite, sur lequel était une assiette contenant un liquide,
que j'ai pris pour du bouillon. Çà et là, le
plancher était semé de taches ressemblant à
des gouttes d'huile ; c'était la neige qui, en passant au travers de la toiture mal jointe, tom-
bait en flocons qui fondaient en s'élargissant
pour tracer différentes figures. Je m'étais approché du petit lit, ou, pour mieux dire, de la
caisse où était un enfant : chose qui m'arrache
le cœur quand j'y pense, je reconnus, sur le
pauvre petit être qui dormait, le paletot de son
père ! Quel affreux spectacle, que celui de la

misère ! et comme il y a des gens qui sont bien
éprouvés ! me dis-je. Alors, je lui demandai si
son cher petit était malade ?

— Que trop, monsieur ! fit-elle avec tristesse : voilà bientôt un mois et demi. Aujour-
d'hui, j'attends, le médecin, voilà huit jours
qu'il n'est pas venu. Cependant, je ne lui dois
rien, je le paie à chaque visite... Ah ! si j'étais
riche et que je pusse le payer bien cher ! continua la pauvre mère en levant les mains en
signe de désespoir... Enfin !... les médecins
ne comprennent pas que nous, pauvres malheureux, nos enfants sont notre unique bonheur, et combien nous cherchons à les conserver, en tâchant autant que possible d'adoucir
leur sort ! Il y en a pourtant quelques-uns
qu'on peut appeler, comme on dit, les « médecins des pauvres », mais le nombre est si
restreint que je ne sais même pas pourquoi
j'ose dire qu'il y en a !

A ce moment je lui offris quelque argent
que j'avais à la poche ; il me semblait, en agissant ainsi, que j'allais porter un soulagement
à sa douleur.

— Tenez, voici pour votre petit enfant, lui
dis-je. Alors, quelle ne fut pas ma surprise !

— Oh ! monsieur, répondit-elle, je ne sais
comment vous prouver ma gratitude !... mais,

si j'acceptais cet argent, mon mari me deman-
derait avec étonnement d'où il provient. Il a
tant souffert, monsieur, qu'il ne croit plus
aux gens généreux...

Voyant qu'elle était si loyale, je remis la mo-
dique somme dans ma poche, et je me reti-
rai.

En rentrant au magasin, je trouvai M. Ferrani.

— Eh bien ! dit-il ; c'est donc la maison qui
veut ça ! toi aussi, tu m'arrives avec les yeux
rouges ?

C'était vrai ; j'avais pleuré : que voulez-vous ?
on ne se fait pas. Alors, je lui racontai tout
ce que je venais de voir.

— C'est bien ! fit-il brusquement, en s'asse-
yant à son bureau. Il prit du papier et écrivit.

Il est bon de dire ici que M. Ferrani était
l'être le plus original de la terre ; s'il faisait du
bien aux pauvres, il se cachait, ce n'était jamais lui, disait-il.

Quand il eut fini d'écrire, il plia le billet et
il me le remit en disant :

— Va dire à Pierre qu'il vienne me parler.

J'allai le chercher. Il vint.

— Ah ! te voilà !

— Oui, patron.

— Combien gagnes-tu par semaine ?

— Six journées à cinq francs l'une, trente francs, à moins de maladie, ce qui ne m'arrive pas souvent, Dieu merci.

— Allons, je vois que tu sais compter... sais-tu lire, écrire ?

— Oui, patron... un peu,... répondit Pierre, étonné.

Très-bien ! à dater de ce jour, je te nomme surveillant des expéditions que nous faisons dans l'intérieur de la France. Tu n'es plus à la journée ; tu gagnes trois cents francs par mois, tu remplaceras Bontemps.

— Pardon, patron, fit vivement Pierre ; j'ai bien besoin de gagner, mais je ne supporterai jamais de déplanter Bontemps. C'est un bon camarade, un camarade d'enfance. Il est comme moi un enfant de Belleville, et, de plus, il a cinq enfants à nourrir tous les jours...

— Cinq enfants ! fit Ferrani.

— Comme je vous le dis, patron. Il a trois enfants à lui, deux qu'il élève, car ils sont ses neveux, — les pauvres drôles étaient orphelins, — en plus il a son père, un vieux bonhomme de soixante-quinze à quatre-vingts ans, et vous comprendrez que je ne peux pas lui

jouer ce tour-là : ma conscience me le reprocherait...

— Ces raisons prouvent que tu as bon cœur,
mon garçon ; mais ne t'occupes pas de lui ; c'est
un employé dont je suis très satisfait ; je t'assure qu'il ne t'en voudra pas, car je lui trouverai un autre emploi, et il ne perdra pas au
change... Maintenant, parlons de toi, je vais t'a-
vancer cinq cents francs dont je retiendrai chaque
mois une faible partie sur tes appointements.

Et, ouvrant un tiroir, il en tira cette somme,
qu'il compta devant l'emballeur, de plus en
plus ébahi.

— A partir d'aujourd'hui, continua M. Ferrani, je te donne huit jours de congé... allons,
prends cet argent, et file !

Pierre semblait cloué au sol.

— Eh bien ! qu'attends-tu ?

— D'avoir assez de force pour vous remercier de tant de bonté, dit l'honnête ouvrier
d'une voix chevrottante.

Tout en parlant, il s'était laissé tomber à genoux, et tandis que le patron paraissait presque humilié de le voir ainsi, et qu'il le relevait,
il s'écria :

— Ah ! monsieur, vous venez de rendre la
vie à mes pauvres enfants !!!

— Va-t-en, va-t-en te promener, je ne te demande pas tout ça, moi... eh bien ! emporte donc ton argent !

Et, se tournant vers moi, il ajouta :

— Porte la note que je viens de te donner à son adresse.

Cela dit, M. Ferrani, ému d'une si touchante scène, se dirigea vers le fond de ses magasins.

Devinez-vous, chers lecteurs, où il m'envoyait ?... chez son médecin, un des premiers docteurs de la capitale. Il le chargeait d'aller immédiatement visiter cette famille affligée. On reconnaît bien là le noble sentiment qui, en général, anime les Parisiens : « Soutenons-nous les uns les autres ! »

Pendant que je pensais ainsi, Pierre nous avait salués et il s'en allait. Caché derrière un des stores du magasin, je le suivis des yeux. Il marchait bon pas. A peine est-il rendu à mi-place Vendôme qu'il s'arrête, jette un regard sur la maison d'où il sort, porte la main à son front, et, alors, il semble se demander s'il n'est pas fou.

De nouvelles pensées affluent dans son esprit et le bouleversent. Enfin, de cette confusion, une idée se dégage et le rappelle à la réalité : il pense à la mansarde, et, aussitôt, il s'élance en courant dans la direction de Belleville ; il ne s'aperçoit même pas que son léger costume, en plein temps de neige, attire les regards des passants. Peu lui importe, à lui ! Ce qui l'occupe maintenant, c'est la misère qu'il va chasser de chez lui... Désormais, avec l'aide de Dieu, sa pauvre femme et ses chers enfants seront heureux !...

AVENTURES DE CHASSES

I

Les habitants de la belle petite ville de Royan dormaient encore, quand un de mes bons amis, le père Lagrive, un habile chasseur, vint frapper à ma porte. Aussitôt je sautai du lit et je regardai la pendule, qui marquait six heures. Misère ! pensai-je (moi qui suis un peu paresseux de mon naturel, il m'en coûtait de me lever de si bon matin, d'autant plus que nous étions en décembre et qu'il faisait un froid excessif). Enfin, me dis-je en allant ouvrir la porte, faisons contre fortune bon cœur.

— Adieu, l'ami ! me dit-il de son air gai, qui l'abandonnait rarement. Je te croyais levé et prêt à partir ?

— Je le suis, aussi.

— Allons, ça va bien !

— Mais, avant de partir, il nous faut tuer le ver... toi qui arrives de Médis, tu dois avoir faim.

— Ah ! une bouchée seulement, et sur le pouce.

Ce que nous fîmes. Après ce modeste déjeuner, nous prîmes fusils, gibecières et bouloir, et nous sortîmes. Nos chiens, Brutus et Fox, nous suivaient.

Nous étions partis un peu plus tôt, pour être à la pointe du jour aux environs de la chênaie du château de Belmont. Un peu avant d'y arriver, Lagrive prit à gauche et contourna la métairie de la Robinière. Moi, je suivais la route, explorant le côté droit, sur lequel se trouve le château de Belmont.

Aussitôt arrivé, Brutus entre dans le bois et se met à fouiller les buissons. Tout-à-coup, au loin, la voix de Fox attire mon attention ! En observant, je distinguai, dans le fossé qui sert à l'écoulement des eaux de la route, à deux cents pas environ, un lièvre qui s'en venait, par bonds et par sauts, droit sur moi. J'épaule mon fusil, et, immobile, je l'attends. Quand je le crois assez près, je presse la détente : pan! pan! De crainte de le manquer, j'avais lâché mes deux coups de fusil. Les chiens courent. Rendus là, ils tournent le dos au lièvre. J'ai beau crier : Apporte, Brutus ! apporte ici ! Brutus n'apporte pas, et Fox retourne trouver mon ami Lagrive.

Voyant cela, je pensai : Que diable ont ces chiens, ce matin ?... J'allais m'en rendre compte quand j'aperçois, venant vers moi, Lagrive, qui se tordait de rire... Tonnerre ! qu'y a-t-il ? je m'approche ; il éclate et rit encore plus ; impossible de le faire parler ; enfin, à la longue, il finit par me dire :

— Malheureux ! qu'as-tu fait ?

Si je ne l'avais pas vu rire, je n'aurais su que penser. Mais explique-toi ! lui dis-je, riant à mon tour de le voir rire de si bon cœur.

— Malheureux ! répéta-t-il, tu viens de tuer le chien de Madame la Baronne... Sans doute que, hier soir, on lui a fermé la porte du château au nez, et qu'il est venu se réfugier à la métairie. De sorte que, tout à l'heure, quand Fox s'est approché des maisons, la pauvre bête a eu peur, elle s'est sauvée, et le chien l'a poursuivie.

— Un chien ! quelle farce ! en attendant, je vais le chercher. Rendu sur le lieu, grande déception ! mon ami ne plaisantait pas. J'avais tiré sur une levrette. Devant un pareil début,

19

je ne pouvais plus m'opposer au bruyant éclat de rire de mon ami.

A la suite de cet accident, nous prîmes à droite ; traversant champs et broussailles. Tout en causant nous arrivâmes sur la pente qui descend au marais de Boube. Là, nous nous séparâmes. Chacun chassa de son côté. Nous fûmes longtemps sans voir un morceau de gibier qui en valût la peine. Nous venions de nous rejoindre, quand Lagrive fit :

— Chut !... ne bronches pas, mon ami ; je vois une bécassine... Là, tout auprès de cette haie... Il me montrait l'endroit du doigt. Puis, il se courba, fit trois ou quatre pas, le fusil prêt à faire feu au premier moment favorable. Il s'arrête : pan ! pan ! deux coups se succèdent sans bon résultat. La bécassine s'envole, fait plusieurs crochets et va se remiser au-delà de la *course*.

— Deux coups perdus ! dis-je d'un air moqueur.

La réplique ne se fit pas attendre.

— Ah ! dame ! fit-il en riant, ce n'est pas un lièvre qui saute ! puis il ajouta vivement : Eh bien ! va donc à sa recherche, et tâche à ton tour de ne pas la manquer.

— J'irais bien avec plaisir, si ce n'était que je ne me fie pas trop à traverser la *course*.

Elle est prise, c'est vrai ; mais la glace est-elle assez forte pour porter un homme ?

— Peureux ! fit Lagrive, passe-moi ton fusil, alors. En attendant, charge le mien. Et, suivi de Fox, il s'en alla à la recherche de la bécassine.

— Dis donc, ne ferais-tu pas bien de prendre le bouloir ? lui criai-je.

— Pas besoin de ça, dit-il en s'éloignant. La glace, ça nous connaît.

Il traversa un, deux, trois, quatre fossés, puis il arriva à la *course*, laquelle est large de douze pieds environ. Il y descendit hardiment.

Le bord offrait un corps solide. Mais, quand il fut au milieu, un craquement se fit entendre, et, aussitôt, je vis mon Lagrive s'enfoncer jusqu'à la poitrine. Je cours à son aide. A peine suis-je parvenu à le tirer du cours d'eau, que le froid le saisit, il grelotte. Maintenant, aller chez lui ou venir à Royan il ne fallait pas y songer, il aurait eu le temps d'attraper la mort. Nous pensions à ces conséquences, lorsqu'il dit :

— Puisque nous ne sommes qu'à deux pas du village de Maison-Fort, où j'ai l'ami François, allons-y.

Pendant dix minutes, celui qui nous aurait

vus aurait assisté à une véritable course au clocher.

En nous voyant, l'ami François comprit tout... Une heure après, Lagrive, que la présence d'un bon feu avait changé du tout au tout, et qui était, par conséquent, remis de sa première émotion, se trouvait à l'aise.

Alors, nous prîmes tranquillement le chemin de Médis. Maintenant que les couleurs étaient revenues à mon ami, je pouvais, sans trop le molester, le gausser un peu. Juste à ce moment, il fit un faux pas, et moi de lui dire :

— N'aie pas peur, Lagrive, morbleu ! nous ne sommes pas sur la glace, ici, et tu pourrais te baisser bien souvent, avant de relever un brochet comme celui que j'ai tiré de la *course*, il y a une couple d'heures.

L'ami riait sous cape. Je pensais bien qu'il aurait mieux aimé que ce fût moi qui eût pris le bain, non pas qu'il eût été content qu'il m'arrivât du mal, mais simplement pour me gausser à son tour. Il aime tant à rire qu'il n'en laisse pas échapper une occasion.

— Enfin, nous verrons bien qui rira le dernier, disait-il. Ne crains rien, tu n'es point encore parti. Il se pourrait bien que tu ne portasses pas le péché à Rome, peut-être pas même à Royan.

Il voulait dire par là qu'il avait l'espoir de me prendre bientôt. Nous approchions du bourg de Médis, quand il me dit :

— Il ne faut pourtant pas entrer bredouille !... si nous chassions quelques alouettes ?

— Chassons les alouettes ! répétai-je. Et nous voilà lancés dans les champs.

A peine avais-je fait deux cents pas, que je vis sortir du taillis une palombe. Bon, pensai-je, si seulement j'avais la chance de la tuer ! Je vise : pan ! patatras ! elle tombe comme une masse. Cette fois, Brutus l'apporte.

Au même instant des cris se font entendre :

— Ah ! canaille ! canaille ! dit un homme qui sortait d'une maison voisine ; il me montrait ses poings.

Sans plus m'occuper de lui que de ses injures, je mets le gibier dans ma carnassière, et je continue mon chemin. Le particulier, voyant que je ne l'écoutais pas, aperçoit au détour d'un sentier le garde champêtre. Il le hêle, en criant : « Arrêtez-le !!! arrêtez-le !!! » et il me montrait du doigt.

Le garde, qui portait sous son bras un sabre dans un fourreau de cuir, aussitôt court sur moi.

— Au nom de la loi (qu'il avait sur le bras) qu'y a-t-il ?...

— Je n'en sais rien, dis-je.

L'intervention du garde avait donné le temps à celui qui m'accusait de nous joindre. Quand il arriva, je crus qu'il allait m'avaler :

— Monsieur le garde, dit-il, cet homme est un voleur ! il vient de tuer le plus beau de mes pigeons, et, qui mieux est, il me l'emporte.

Je vous avoue que, devant son affirmation, je n'étais pas trop rassuré, vu, surtout, que ce n'était pas l'époque où avait lieu le passage de ces oiseaux. Croyant que, peut-être, j'avais commis une erreur, je ne crus pas pouvoir mieux faire que de lui offrir la palombe.

— Ce n'est pas une palombe, criait-il ; c'est un pigeon. Vous l'avez tué, je le veux vivant !

Je compris de suite que j'avais affaire à un mauvais coucheur. Pour calmer sa colère, il n'y avait que l'argent qui eût ce pouvoir. Cependant, voulant en finir, je lui demandai :

— A quoi connaissez-vous votre pigeon ?

— Il a la tête noire, fit-il.

— Celle-ci est grise ! or donc, mon brave homme, ne soyez pas surpris si vous recevez de mes nouvelles. Aussitôt rentré chez moi, je vais déposer au parquet une plainte en diffamation, tendant à vous demander une somme de deux mille francs pour dommages et intérêts causés à ma réputation, en me qualifiant de voleur !

Il m'est impossible de dépeindre ici la figure piteuse de mon homme.

Lagrive, qui, de loin, nous avait observés, s'était rapproché de nous. En voyant l'extrême pâleur du réclamant, il lui dit :

— Savez-vous, maître Percet, que vous n'êtes pas dans de beaux draps. Vous n'ignorez pas que c'est un procès qui coûtera beaucoup d'argent.

Percet, le visage subitement refrogné, soupirait. De dépit il s'en serait arraché les cheveux... Mais il était trop tard.

— Ah ! mon Dieu ! mon Dieu ! faut-il donc que j'aie eu du malheur, d'avoir accusé ce bon monsieur !

— Allons, dit Lagrive en me regardant, il faut en finir... Veux-tu te fier en moi ?

— Soit.

— Et vous, maître Percet, voulez-vous vous conformer à mon jugement ? Allons ! voyons ! en présence du garde champêtre, décidez-vous !...

— Il faut bien accepter, maître Lagrive. Arrangez donc l'affaire, puisque j'ai tort, et ce que vous ferez sera bien fait, dit Percet en poussant un profond soupir.

— Eh bien, allez vite faire préparer un dé‑jeûner pour quatre.

Percet, transporté d'en être quitte à si bon marché, aurait eu le courage d'embrasser Lagrive. Aussi s'en allait‑il heureux et content, ainsi que tous les acteurs de la scène, qui ap‑prouvèrent le jugement.

Il était midi quand nous entrâmes dans Médis. L'ami raconta l'aventure à sa femme, qui en rit beaucoup. Mais quand elle apprit l'histoire du bain prématuré, elle devint sérieu‑se, et elle ne rit plus d'un moment.

— Imprudent, dit‑elle à son mari, tu ris‑quais bien d'attraper du mal.

Alors, ce fut à mon tour de raconter la chance que je venais d'avoir.

— Que veux‑tu dire ? fit l'ami.

— Que je n'ai pas de port d'armes, et que, si le garde champêtre me l'avait demandé, j'étais de bonne prise.

— Tu peux dire que tu as de l'aplomb, et il ajouta : Pourquoi n'en prends‑tu pas un ?

— Par la raison bien simple que je prends mon fusil une fois ou deux par an. Donc, tu com‑prends que, pour deux coups de fusil que je

tire, vingt-cinq francs, ce serait payer le gi-
nier un peu cher. Si, un jour ou l'autre, les
permis venaient à tomber à dix francs, je ne
dispas que je n'en prendrais pas un, mais, pour
le moment, j'aime mieux risquer... Que veux-
tu, sauve qui peut !

II

Le lendemain, au matin, nous prîmes le chemin qui conduit au marais de Boube. Nous allâmes chasser la bécassine. Le froid était vif. La terre, devenue plus sonore, répondait à nos pas. Chemin faisant nous tuâmes quelques alouettes. Arrivé au bord du marais, Fox semble découvrir, au milieu des vignes, une piste quelconque ; Lagrive le suit avec attention. Un instant après, c'est le tour de Brutus : il tombe en arrêt. Je veille. Une bécasse magnifique prend la volée. Je tire et la blesse probablement, car je la vis se remiser à vingt pas au-delà de la *course*. Après avoir remarqué l'endroit, je prends le bouloir et je descends sur le marais. Depuis la veille, le temps était couvert. Cependant la glace ne fondait pas, signe évident que le froid n'était pas terminé.

Je cherchais donc l'endroit, non sans rire chaque fois que j'y pensais, où mon ami était tombé. J'y arrivai. Dans sa chute, Lagrive avait rompu la glace du côté où je me trouvais ; pour passer, il fallait donc la briser de l'autre ; ce que je fis en frappant de fort coups avec le gros bout du bouloir.

Le passage était ouvert. Je pouvais maintenant traverser. Après avoir mis mon fusil en sautoir, j'enfonçai mon bouloir jusqu'à ce que je trouvasse une résistance, et je me lançai de l'autre côté. Quand le bouloir fut vertical, le poids de mon corps fit, sans doute, céder quelques racines sur lesquelles il reposait. Le scélérat s'enfonça et se tint à pic, me laissant là, planté comme un singe sur la tête d'un jalon, et bien plus en peine que l'animal ne l'aurait été en pareille circonstance. Plus je m'agitais, hélas ! plus j'enfonçais. Tout-à-coup, j'entends un coup de feu. La bécasse, que je croyais blessée ou morte, s'envole et passe à dix pas de moi. Elle regardait et semblait me dire dans son langage : « Tu es bien là, restes-y ; quant à moi, ce n'est pas mon quartier favori ! »

La réflexion que pouvait faire l'oiseau ne me donnait pas de forces ; elles commençaient à me faire défaut, lorsque j'aperçus Lagrive, sur la hauteur qui domine le marais. Il me

montrait un lièvre à bout de bras, un vrai
lièvre, cette fois. Jugez un peu, chers lecteurs,
si, dans la position où j'étais, cette vue devait
m'amuser !

Je ne pouvais faire aucun signe : mains,
jambes, pieds, j'avais besoin de tout pour me
maintenir. A chaque mouvement que je faisais, je sentais que je descendais; par conséquent, je me rapprochais de la baignoire où,
d'après ce que m'avait dit l'ami Lagrive, la
veille, on n'éprouvait pas un grand plaisir à
tremper sa personne. Enfin, celui-ci, de loin,
avait de suite compris que j'étais tombé dans
un mauvais pétrin. Il accourut.

— Attrape mon fusil, dit-il... N'aies pas
peur, il n'est pas chargé.

— Plaisantes-tu ! la perche est fichée d'un
mètre au moins dans la tourbe ou dans la terre.
Si j'essaie de me pencher, d'un côté ou de l'autre, elle casse, et adieu Luc, je suis forcé de
plonger.

— Que faire, alors ?

— Cherche une planche, une barre, par
là, tu la placeras le mieux possible. Et au
diable ! tant pis ! je me risquerai. Je ne puis
tenir plus longtemps, dépêche-toi ! lui criai-je.
Je sens que j'enfonce, cours, cours vite !

Mes mains glissaient, déjà mes pieds effleu-

raient l'eau. Bref, ma situation était des plus
pénibles; tellement qu'une minute me semblait
une heure.

Enfin, Lagrive, essoufflé et n'en pouvant
plus, arriva. Il portait sur l'épaule une longue
perche qu'il avait arrachée au barrage du pré.
Il la jeta en travers de la *course*. Et moi, pas
fainéant, j'y pose de suite les pieds, tenant
d'une main le fusil que mon sauveur me tendait, et de l'autre le bout du bouloir. Une fois
hors de danger, je remarquai que la traverse
fixée à l'extrémité du bouloir flottait sur l'eau.
Jugez de mon étonnement; comme un maladroit, je ne m'étais pas aperçu qu'en brisant
la glace, elle s'était échappée, de sorte que mon
bouloir se trouvait transformé en piquet.

Il m'est impossible de vous raconter toutes
les saillies dont mon ami m'accabla; c'était
bien son tour. Je crus qu'il serait malade de
rire ! Tout-à-coup, il devint sérieux, et me dit
en allongeant la main du côté opposé à nous.

— Regarde ! connais-tu ce gibier ?

— Oh ! sapristi ! deux gendarmes, je suis
pincé.

Ils s'en venaient sur nous, traversant les
fossés gelés et courant à toutes jambes. Soudain ! une idée me vint, je mets de la poudre
dans ma main et je m'en barbouille le visage.

Du diable, pensais-je; s'ils ne m'attrapent pas, ils ne me connaîtront pas, j'en suis sûr.

— Comme tu n'as rien à craindre, dis-je à mon ami, reste ; quant à moi, je déloge, il n'est pas trop tôt.

Deux minutes à peine s'étaient écoulées. J'entends crier « Au secours ! » Je me retourne, et que vois-je, grand Dieu ! Les deux gendarmes, emportés par l'ardeur de leur service, avaient voulu franchir la course en même temps ; la glace s'était brisée, et en chœur ils prenaient un bain. J'avais marché. Etant sur la hauteur, je vis mon ami Lagrive leur donner la main pour tâcher de les sortir de là. Ce fut à ce moment que je m'écriai avec transport : «Pour ce coup, je suis encore sauvé !»

FIN.

TABLE

—

.*.*

HISTOIRE D'UNE FAMILLE BORDELAISE

Première partie

Deuxième partie

⁎

Royan. — Imp. V. Billaud.

Royan. — Imprimerie V. Billaud

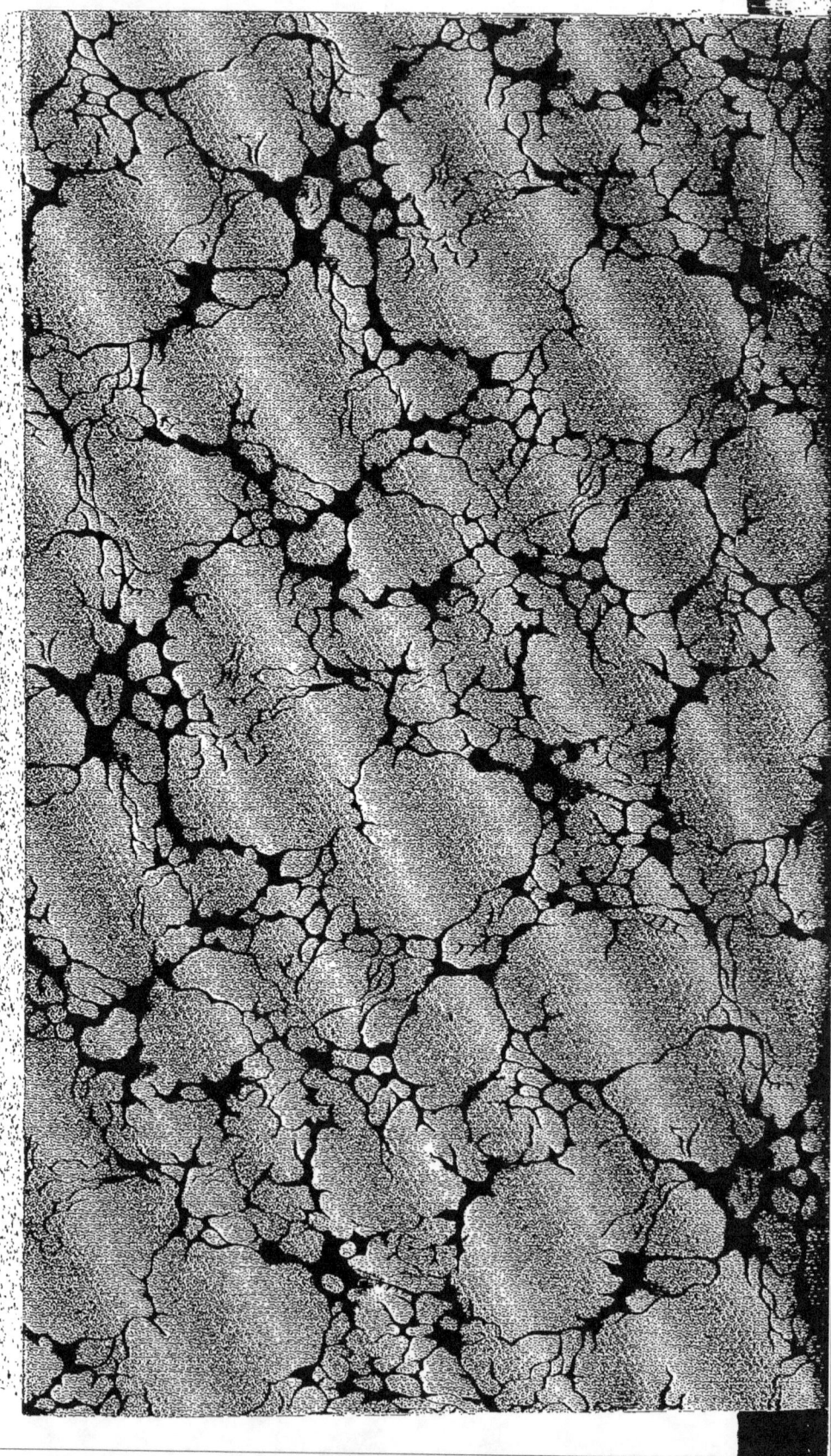

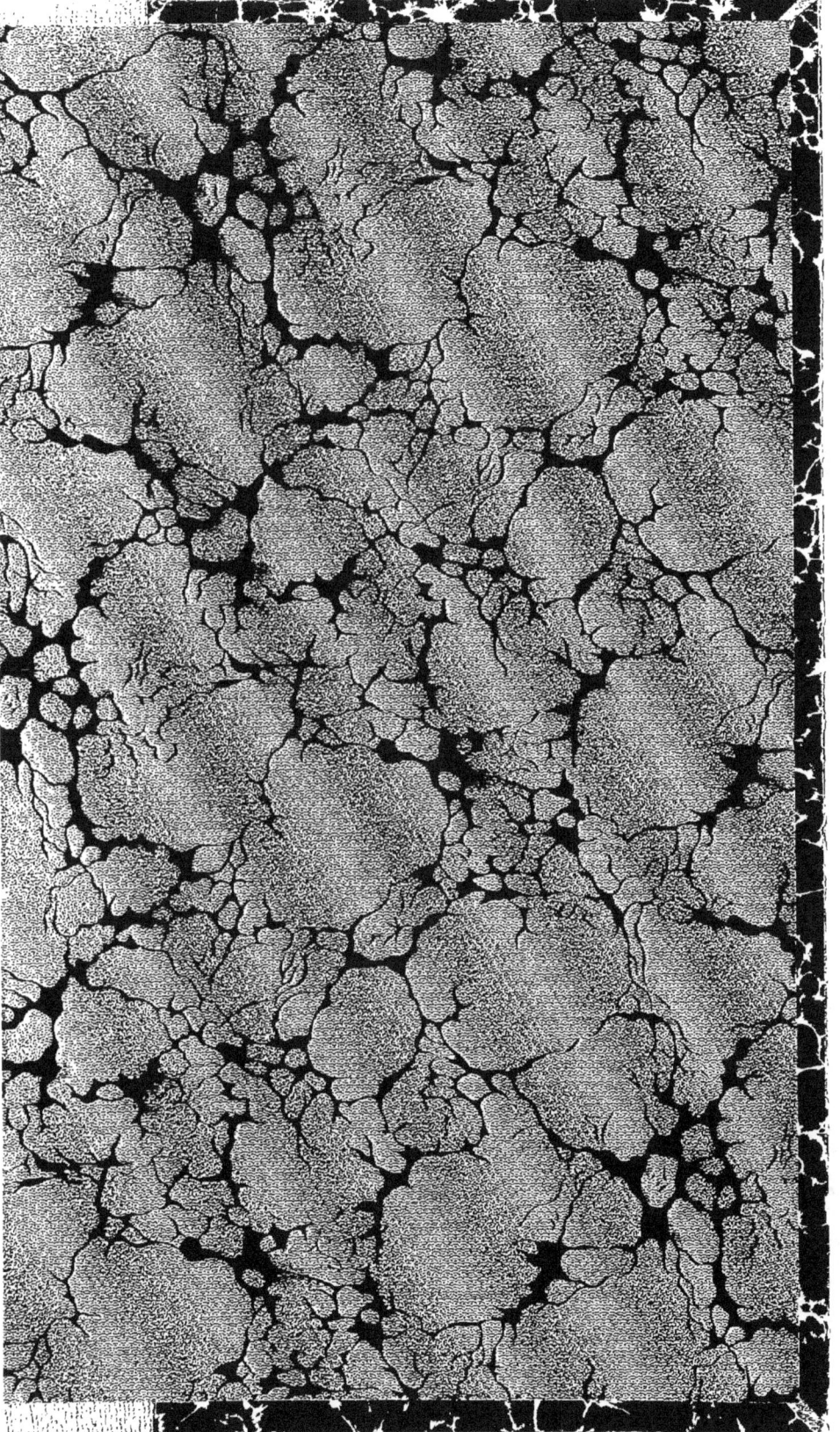

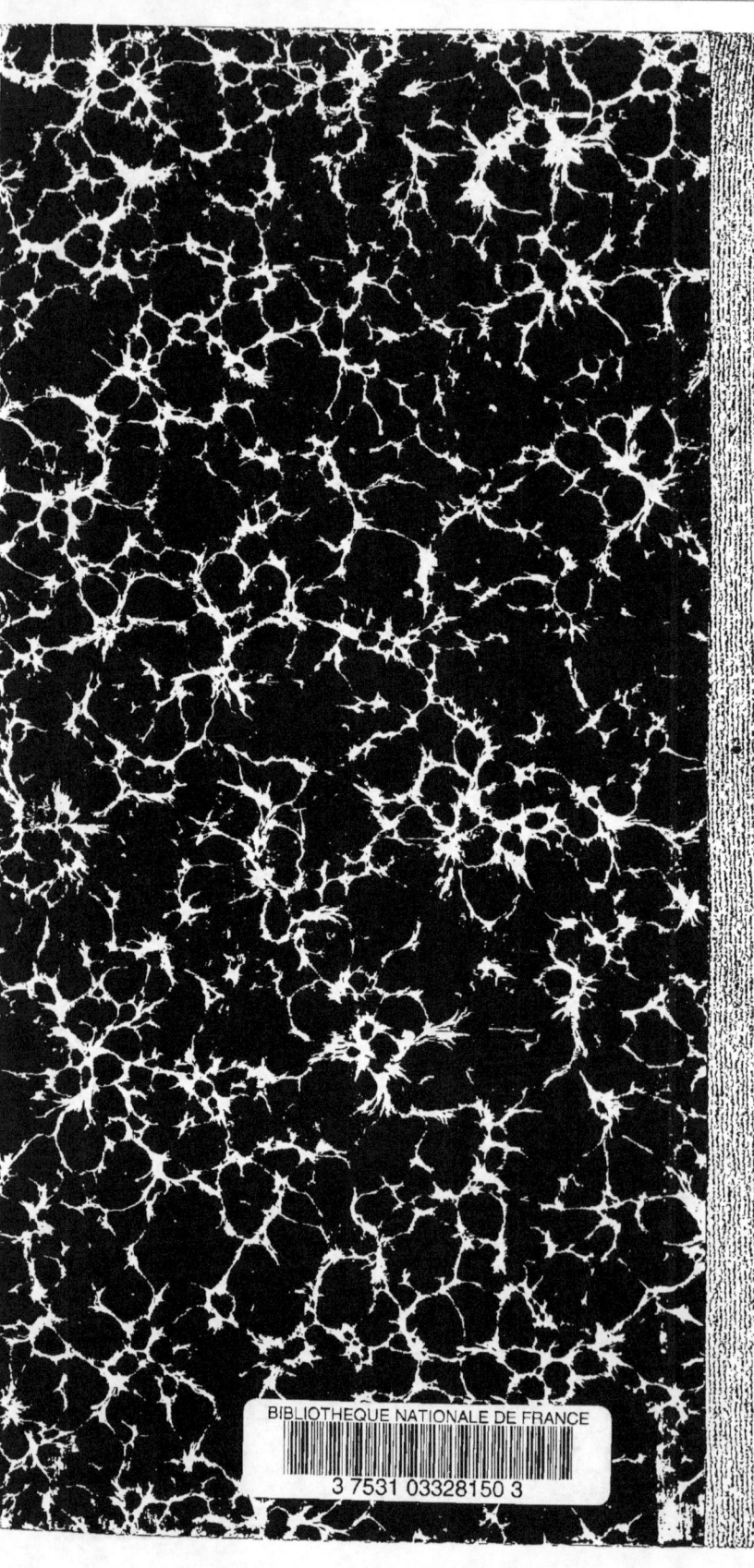

www.ingramcontent.com/pod-product-compliance
Lightning Source LLC
Chambersburg PA
CBHW050155030726
47505CB00005B/1384